ベリーズ文庫

御曹司と婚前同居、はじめます

花木きな

JN167573

STARTS
スターツ出版株式会社

目次

御曹司と婚前同居、はじめます

番外編

御曹司と婚前同居、はじめます

許婚は御曹司

仕事の依頼主であるおじいさんと会うために訪れた場所は、ポロシャツにチノパン姿の私には似つかわしくない高級ホテルだった。

「どうしてここだって教えてくれなかったのよ」

私の文句は誰にも拾われることなく、だだっ広い空間に吸い込まれて消える。

めちゃくちゃ場違いだよ……。

事前に教えてくれていれば、もう少しまともな恰好をしてきたというのに。

仲介者であるスーツを身に纏《まと》ったお父さんの背中に隠れながら、エントランスを抜けてロビーの先にあるラウンジへと向かう。

どこまで続いているのか、ひと目見ただけでは分からないほどの広々とした開放的なラウンジに足を踏み入れると、一面窓から明るい自然光が差し込んでいる。インテリアはどれもデザイン性が高くお洒落な雰囲気が漂っていた。

お父さんはラウンジの奥にある、ひとり掛けソファが四脚置かれた丸テーブルに向かって進んでいく。するとそのうちの一脚に背を預けて寛《くつろ》いでいた男性が、こちらを見てさっと立ち上がった。同時に彼の隣で佇《たたず》んでいた男性も頭を下げたことで、ふたりが連れ合いだということが分かった。

誰だろう？　依頼主の息子さんかな？

お父さんは彼らの前で足を止め、「お待たせしました」と会釈《えしゃく》をした。

先ほどまでソファに腰かけていた男性が、目を白黒させている私の瞳を射抜くように見つめてくる。切れ長な目元から注がれる眼差しの強さには、妙な色気があった。

そのせいで少しばかり鼓動が速くなる。

「瑛真《えいしん》くんだ。覚えているよな？」

お父さんが、自身よりも頭一個分背の高い男性の肩に手を置きながら言った。

まだ状況が把握しきれておらず、言葉がなにも出てこない。

ただ、瑛真という名前が頭の中をぐるぐると駆け巡《めぐ》る。

「久しぶりだな、美和《みわ》」

耳触りのいい声で私の名前を呼んだ彼は、優しく目を細めた。

その表情を見て、幼かった頃にいつも一緒に過ごしたひとりの少年を思い出す。

最後に彼と会ったのは、私が引っ越す前だから小学三年生だったと思う。あの頃の瑛真は、幼心でも理解できるくらいに美男子だった。そして今もそれは健在だ。

艶《つや》のあるさらさらな黒髪と、色白で清潔感がある綺麗な肌。身長は優に百八十センチは超えていて、モデルのように手足が長く、顔も小さい。全体的にすらっとしているけれど、肩幅はしっかりとあってスーツがとても似合っている。

男性に美しいという表現が適切なのか分からないけれど、その言葉が一番しっくりくる容姿を持った彼から逃げるように顔を背けた。

素敵な男性に成長した彼を見て、交わることなく長い年月が過ぎ去ったことをまざまざと突きつけられ、胸の奥に切なさが込み上げた。小さな胸の痛みがさざ波のように広がってくのを感じて、目を閉じて一度深く息をつく。

一旦落ち着こう。話をきちんと整理したい。

「……久しぶり、だね。でも、ちょっと待って」

確認すべきことがたくさんありすぎて、焦りから声が微《かす》かに上擦った。

「私、おじいちゃんの知人の介護を頼まれたはずなんだけど、もしかして瑛真のおじいさんの介護をするの？」

私の言葉にお父さんは一瞬キョトンとした。

「言ってなかったか？　その相手が瑛真くんなんだ」

「はあ⁉」

私の荒々しい声がホテルに響いた。

一流ホテルで働く礼儀正しいスタッフの人々は聞こえないふりをしてくれているけれど、同じラウンジにいる客人たちは物珍しげに視線をこちらに送ってきた。

しまった……。

恥ずかしさから顔を伏せると、穏やかな声が頭上に落ちてくる。

「そうか。美和はなにも聞かされていなかったんだね」

「瑛真くんすまないね。どうやら伝達ミスがあったようだ」

なにが伝達ミスだ！　明らかにわざと大事な部分を伏せていたんでしょう⁉

鬼の形相で睨みつけても、お父さんは気にした様子もなく素知らぬ顔で瑛真に微笑みかけている。

「構いませんよ。詳しいことはこちらから美和に説明しますので」

「ちょっと待ってってば。介護の仕事じゃないならこの話はお断りするわ」

そこで瑛真は初めて硬い表情を見せた。

「どうして？」

「そうだぞ美和。今さらなにを言っているんだ」

もとはといえばきちんと説明をしてくれなかったお父さんのせいなのに、その言い草はないんじゃない？

怒鳴り散らしたいけれど、周囲の目が気になってそれはできない。だから、ただひたすらお父さんへ冷たい視線を送り続けた。

事の発端は、お父さんが持ってきた仕事の依頼だった。

福祉大学を卒業してから、私は介護施設で介護士として四年間働いていたのだが、社会福祉士の資格習得のために仕事を辞め、短期養成施設で課程を修了したのちに、試験を受け無事に合格した。

早速転職活動をしようとしたところへ、今回の話を持ちかけられたのだ。

その内容は、今は亡きおじいちゃんの古くからの友人が骨折をして私生活に支障が出て困っているから、怪我が治るまでの間、住み込みで介助をしてほしいというものだった。

施設で介護職員として働いてはいたけれど、ホームヘルパーという職種は経験したことのないものだし、いい経験になると思ってこの話を受けることにした。

おじいちゃんの友人というのならご高齢の方だろうし、怪我も老人によくある大腿骨近位部骨折あたりだろうと思い込んでいた。

事前に確認しなかった私にも落ち度があるけど、だからといって、こんなふうに騙されるなんて誰が思う？

瀬織《せおり》瑛真は、私より四つ上の幼馴染だ。現在は三十一歳という、男として脂の乗った時期に差しかかろうとしている。年頃の男女がひとつ屋根の下で生活を共にするというのは、いろいろと無理があるのではないだろうか。

そしてさらに問題なのが、彼は『瀬織建設』の次期社長ということだ。大手ゼネコンである瀬織建設は、超高層ビルや超高層マンション、複合商業施設や大型ショッピングモール、その他にも公的な側面が強い物件などの施工実績を有している。

私とは住む世界が違いすぎる。そんな人の私生活に至るまでの介助などできるはずがない。

お父さん、一体なにを考えているのよ……。

頭が痛くなって小さな息をついた。

「どこが不自由なの？　ここまで来ることができるくらいなのに」

「美和、少し落ち着こうか」

ハリセンボンのように全身から棘《とげ》を出している私の背中を、瑛真はなだめるようにそっと優しく撫《な》でた。

不覚にも、その動作ひとつで昂《たか》ぶっていた気持ちがしゅうっとしぼんでいく。

イケメンはずるい。こんなの不可抗力だ。

「おじさんも、ひとまず座りませんか？」

「ああ、そうだな」

瑛真に促されて、とても座り心地のよさそうな、ひとり掛けソファへ腰を下ろす。

私を挟んで左に瑛真、右にお父さんが座った。

秘書かなにか知らないけど、瑛真と同年代に見えるお付きの男性が、私たちの飲み物を手配してくれた。

彼の身長も高い。百七十五センチはあるだろうか。きりっとした目元はクールに見え、近寄りがたい雰囲気がある。所作に落ち着きがあり、どこか余裕があるようにすら感じた。

彼は先ほどからずっと、瑛真が腰かけているソファのそばに綺麗な姿勢で立っている。もう、この光景だけで気後れしてしまう。

「こう見えて、左肩が脱臼《だっきゅう》しているんだ。先日現場で足を滑らせて、転倒してしまってね」

言われて、改めて瑛真の左肩を見つめる。

仕立てのいいスーツの袖から出ている両手は、膝の上でしっかりと組まれている。

左肩が下がっているわけでもないし、不自然な部分は見受けられない。

「三角巾で吊らなくてもいいの？」

「それじゃあ仕事にならない」

「脱臼を甘くみちゃダメだよ。きちんと治療しないと、後々癖になって後悔するよ？それに、痛いでしょ？」

瑛真はふっと笑う。

「美和は優しいね。でも大丈夫。包帯で固定してあるから」

腕を軽く持ち上げ、「ほら。固定しているから可動域が狭い」と、上下左右に動かした。

その範囲は瑛真の言う通り、かなり狭い。たぶん、自身の顔も触れないと思う。

「パソコンなどのデスクワークはこなせる」

そのために腕は吊らないでいるということなのだろう。けれど、いくら固定しているといっても、それでは負担が大きすぎる。

「治るのに時間がかかるよ？」

「ああ。でも、仕方ない」

少しも困惑した表情を見せないあたり、こうすることが当たり前で、他に選択肢などないと考えているのだろう。

さすが、背負うものが大きい人は違う。仕事を休もうとか考えもしないんだろうな。

「怪我に関しては分かった。あ、お父さん。脱臼は骨折じゃないからね？」

お父さんは呆れた顔で「そうだな」と笑った。

どうせ、そんな細かいことなんか言わなくてもいいって思っているんだろう。だけどそこはきちんとしておかないとスッキリしない。

「困っているっていうのは本当なんだろうね。だけど、家のことはハウスキーパーを雇えばいいし、身の回りのことに関しては彼に頼めばいいんじゃない？」

財力があるならそのあたりはどうにでもなると思う。

私に顎《あご》でしゃくられたお付きの男性は、複雑そうな表情を浮かべた。

「というか、ひとり暮らしなの？」

「家を出て、今は所有しているマンションにひとりで暮らしている。家政婦も雇っていない。この男は秘書兼運転手だが、所帯持ちなのでそこまで頼めない」

さらりと言われた、所有しているマンションという部分に突っ込みたい気持ちを抑えて言う。

「それなら、おばさまに来てもらえば？」

「母は、家のことがなにもできない父の世話で手いっぱいだ」

つけ入る隙を与えない言い方をされて、それ以上なにも言えなくなってしまった。

困ったなぁ。

瑛真は譲る気はさらさらないみたいだけど、私だって無理なものは無理なんだよ。

「私じゃなくてもいいんじゃない？　お給料を出せば、いくらでも人材は確保できると思うんだけど」

「赤の他人に世話をされるのは苦痛だ」

「私も赤の他人だよ？」

「美和は俺の婚約者だろう？　いずれは家族になる人間なのだから、他人ではないだろう」

瑛真は穏やかに微笑んだ。

……は？

「婚約者って？」

意外。瑛真ってこんな顔して冗談を言うんだ。

「俺たちは許婚《いいなづけ》だろう？」

瑛真は冗談なのか本気なのか、分からなくなるようなことを言い出す。

「本来なら俺たちはもうとっくの昔に結婚していたはずなんだ。美和が十八歳になった時にもらおうと思っていたのに、おじさんが少し待ってほしいと言ってきてね」

なにを言っているの？　今どき十八歳で結婚する女が世の中にどれほどいると？

しかも私が十八歳なら瑛真は二十二歳だ。望めば欲しいもの全て手に入る人間が、なんの因果があってそんなにも若くして結婚をしなければならないのか。

……やっぱり冗談なんだよね？

その考えは続くお父さんの言葉で呆気《あっけ》なく崩された。

「待たせて悪かったね。瀬織家に嫁ぐには、あまりにも堂園《どうぞの》の名が廃《すた》れてしまっていたから……」

「だからそんなことは気にしないと何度も言っているのに——でも、よくここまで立て直しましたね。正直もう無理だと思っていましたよ」

堂園家は創業から百年以上に渡り、化学製品の製造を続けているが、私が物心ついた頃にはすでに倒産の危機に陥っていた。それがここ数年の間でお父さんは誰もが驚くほどに業績を上げ、再び堂園化成を一流企業へと押し上げたのだ。

「いやあ、これも瀬織家に助けていただいたおかげですよ。本当に感謝しています」

お父さんは深々と頭を下げた。

「やめてくださいよ。堂園家は親族同然なんですから」

なによそれ。

「ようは、政略結婚ってこと？」

ひとり娘を売ってまで、倒産寸前だった堂園化成を立て直したかったの？

胸がチクリと針で刺されたように痛んだ。

「なにを言っているんだ」

お父さんは心底驚いた様子で目を丸くする。

「美和、もしかしてなにも聞かされていない？」

瑛真は眉を下げ、困惑した声を出した。

傷ついたような顔をされる理由がまったく分からない。

まだ手つかずだったコーヒーカップを持ち上げ、乾いた口の中に流し込んだ。

そんな私を静かに見つめていたお父さんは、一度深い息を吐いてから口を開く。

「てっきりじいさんから話がいっていると思っていた。いや、もしかしたら話したけど、美和は小さかったから覚えていなかったのかもしれないな。じいさんが生前、瀬織の会長と親しい仲だったのは知っているだろう？」

お父さんに頷き返す。

「彼らは互いの子供同士を結婚させるのが夢だったんだ。だけど瀬織家には男ふたり、堂園家には父さんひとりの、見事に男しか生まれなかった」

私と瑛真が幼馴染であるように、お父さんと瀬織のおじさまも幼馴染でとても仲がいい。つい先日も一緒にミシュランガイドに掲載されているレストランへ食事に出掛けたと聞いている。

もしかして、そこで今回の件について話し合われたんじゃ……。

「夢は孫の代まで引き継がれ、美和と瑛真くんの結婚は、美和が生まれた時点で決められていたことなんだよ」

やっと話が繋がった。

「あまりにも身勝手なお話ね」

それに、二十七歳になるまで本人に知らせていないのもどうかしている。

「私が、他に結婚したい人がいると言ったら、どうするつもりだったの？」

「いるのか？　俺以外に結婚したい奴が」

瑛真が低い声を出して話に割り込んできた。

見れば、眉間に皺《しわ》を寄せて不愉快さを露《あら》わにしている。

ちょっと……なんで怒ってるのよ。

「もちろん、その時は反対するつもりだったよ。瑛真くんを超える人間なんてそういないしね」

当たり前のように言うお父さんに苛立ちが募る。

信じられない。自分はお母さんと恋愛結婚したくせに、私には自由を与えないなんて。

「美和、俺の質問に答えてくれ」

瑛真は瞬きすらせずに強い眼差しを送ってくる。

だから目が怖いんだってば！

「……今はいないけど」

私の言葉を聞いた途端、瑛真は表情を柔らかくした。

この人、本気で私と結婚するつもり？　正気？

「そうだよな。以前付き合っていた男とは三カ月前に別れているはずだ。その後は特に目立った交友関係もないし、俺以外にいるはずがないよな」

「――なんで」

目を見開きすぎて瞳が乾いてしまった。

意識的に瞬きを数回繰り返し、恐る恐る瑛真へ視線を戻す。

変わらず穏やかな微笑みを湛《たた》えている瑛真に、背筋がゾクッとした。

「もしかして、調べたの？」

「会えない間、美和のことが気がかりで仕方なかったんだ」

さっきとは違う意味で怖いと思った。

指先が微かに震える。

別に調べられて困るようなことはひとつもない。でも、こんなにも不愉快な気分にさせられたのはいつぶりだろう。

膝の上で両手を握りしめ、ごくりと唾を一度飲み込んでから口を開いた。

「そんなことまでしなくちゃいけないような相手なら、結婚しない方がいいんじゃないの？」

「その逆だろう。好きでたまらないからこそ、変な虫がつかないように気にかけていたまでだ」

瑛真は被せ気味に言った。

「……は？」

「俺も遊びのひとつやふたつは経験している。なにも美和に嫁入りまで処女を守れなんて古くさいことは言わない。もちろん初めての相手は俺がよかったが……」

とんでもないことをお父さんの前で言わないでよ！

苦笑いを浮かべているお父さんの横で、私は身の置き場がなくなって小さく縮こまった。

瑛真は私たちに構わず続ける。

「遊びと本気は区別してもらわないと困るからな。おじさんが言ったように、美和がとち狂って俺以外の奴と結婚しないよう、見守らせてもらっていただけだ」

それのなにが悪い、と言葉が続きそうな表情で、至極当然に言われて呆気に取られてしまった。

言っていることがあまりにもおかしい。それなのに本人は真剣だというところに問題がある。それに、そもそも私に固執する理由が分からない。

「いくら瀬織のおじいさまの夢だからといって、瑛真がそこまですることはないいんじゃないの？　私もおじいちゃんのことは大好きだったけど、それとこれとは別っていうか」

そこまで言ったところで、瑛真は嘆息《たんそく》を漏らした。

絶対に私の言い分の方が正しいはずなのに、なぜかこちらが委縮してしまうのは、瑛真がずっと威風堂々としているせいだ。

「美和は俺と結婚するつもりがないと言いたいのか？」

さっきからそう言っているじゃない！　察してよ！

今にも飛び出しそうな言葉を喉の奥で必死に留める。

「逆に聞くけど、瑛真は本気で私と結婚したいの？」

「俺は美和と結婚すると言われて育ってきた。今さらキミ以外に考えられない」

「生涯を共にする相手を、親に言われて決めるなんて信じられない！」

「願ったり叶ったりだ。美和は俺の初恋相手だからな」

「はい⁉」

唐突に告白をされて、思わず変な声が出てしまった。

そこでお父さんが陽気に笑う。

「瑛真くんは本当にまっすぐな子だなぁ。今どきここまで一途な子はいないんじゃないか？」

一途？　さっき遊びのひとつやふたつって言っていなかった？

「お褒めいただきありがとうございます」

瑛真は綺麗な顔に微笑を浮かべる。

切れ長で涼しげな目は少しだけ垂れていて、そのおかげで威圧感のある雰囲気が和らいでいる。彼から放たれるオーラがそうしているせいもあるけれど、背が高いから余計に威厳があるように感じてしまうのだ。

一体何センチあるんだろう。よく見ると、手も大きい。でも指は細くて長くて綺麗だ。

この容姿なら女性がいくらでも寄ってくるに違いない。……遊んでいても不思議はないよね。

頭のてっぺんから足のつま先まで無遠慮に眺めている私を、瑛真は優しく見つめている。

どうして私をこんなにも優しい眼差しで見つめてくれるのだろう。本当に私のことを好きでいてくれているの……？　私は、容姿端麗の瑛真に選んでもらえるような、美しさも魅力も持ち合わせてはいないのに。

胸のあたりまである直毛の髪は邪魔にならないよう常にひとつにまとめてあり、介護をするご年配の方がびっくりしないように髪色は暗めのカラーだ。化粧もナチュラルを心がけている。

よく言えば清潔感があり、悪く言えば地味。そんな私が瑛真と結婚だなんて、あまりにも現実味がない。

私と瑛真の家は父親同士が親しく、家が近所だったこともあり、私たちは小さい頃から仲がよかった。だけど、ある事情から私たち家族が遠くに引っ越すことになってからは、一度も会っていない。

お父さんとはこうして付き合いが続いてたのに、この十数年、私の前にだけ姿を現さなかったのはどうして？

私は……会いたかったのに。

会いたかったけど、あの頃は両親や祖父母に我儘《わがまま》を言える雰囲気ではなかったし、自分ひとりの力で会いに行ける年齢になった時には、時間が経ちすぎてどう接触すればいいのか分からなかった。

だけど、瑛真なら可能だったんじゃないの？

おじさまやおばさまにひと言言えば、簡単に私と引き合わせてくれたはず。それなのに会おうとしなかったのは、引っ越して目の前から消えた私に、なんの執着も抱かなかったからとしか考えられない。

本当は許婚の私を煩《わずら》わしく感じていて、遠ざけていたのでは？　いつか結婚しなければならないのなら、それまでの間に数多くの女性と関係を持ちたいと望んでいたんじゃないの？

瑛真の言葉は胸を揺さぶるものばかりだけれど、どうしても邪推をすることを止められない。

「まだ言いたいこと、聞きたいことがあるのなら遠慮せずにどうぞ」

瑛真に声をかけられてハッとした私は、小さく頭を振った。

「一度引き受けておいて申し訳ないですけど、この話はなかったことにしてください。婚約についての話は、またおいおい話し合いましょう」

「断る」

高圧的な言い方にカチンときた。

こっちが下手に出ればいい気になって！

「あのねえ！　いくらなんでも一方的じゃない⁉　もう少し私の気持ちも考えてよ！」

我慢の限界に達して、とうとう声を荒らげてしまった。

お父さんは驚きで軽く身体を仰け反らせる。けれど瑛真の表情は微塵《みじん》も変化しなかった。

「美和の気持ちはこれから整えていけばいい」

「と、ととのえ……？」

「そう。心配しなくて大丈夫だ。美和は必ず俺と結婚したくなる」

びっくりするくらいの自信と傲慢《ごうまん》さだ。

「美和の服装を見る限り、今日からすぐに働いてくれるつもりだったんだろう？　だとしたら話は早い。このまま俺の自宅へ向かおう。感動の再会をもう少し堪能《たんのう》したいところだが、あいにく仕事が立て込んでいてそこまで時間を取ることができないんだ。柏原《かしわばら》、車を回してくれ」

「かしこまりました」

流暢《りゅうちょう》に話を進めた瑛真は、柏原と呼ばれた男性が立ち去ると、「おじさん」とお父さんに向き直る。

「美和さんを必ず幸せにします。今後もどうぞよろしくお願いいたします」

深々と頭を下げた瑛真の頭頂部を唖然《あぜん》として見つめた。

これっていわゆる結婚の挨拶というものじゃないの？

「こちらこそ美和をよろしくお願いします」

「ちょっとお父さん！」

続いて頭を下げたお父さんの肩を掴んで、ソファから身を乗り出して強く揺さぶった。

「美和、行こうか」

中腰になっている私のお腹に手を回し、瑛真は力づくだけど優しさが感じられる動作で私を連行する。

「や、やだー‼」

「駄々をこねる美和も可愛いな」

なにが駄々をこねるだ！

思い切り手足をばたつかせても、大柄な瑛真の腕からは逃れることができない。

なんとか首を回してお父さんの方を振り返れば、それはそれは嬉しそうに顔をほころばせていた。

信じられない！　瑛真もお父さんもどうかしてるよ！

「離してよ！」

「美和、状況を理解しているか？　あまり暴れると危ない」

怒り心頭の私の耳に、落ち着き払った声が入ってくる。

逃げることに必死になっていたから気づいていなかったけれど、瑛真の手はあと少しで胸に触れてしまいそうな位置にある。無理に身体をよじって逃げようとすれば、いろいろな場所を触られてしまうかもしれない。

るはず。


かあっと熱が込み上げた。ドキドキと高鳴る鼓動も、瑛真の指先を伝って届いてい
もうっ、ヤダ……！

怒りと恥ずかしさが混じり合い、スーツを掴んでいた手にぎゅうっと力を込めた。

すると瑛真は、吐息を感じられる距離で囁いた。

「そんなことされると理性を保つことができなくなる」

言葉遣いは丁寧なのに、言っている内容はめちゃくちゃだ。そして、そんな瑛真の言動に逐一《ちくいち》反応してしまう自分も嫌になる。

なんてイケメンの無駄遣いなの……！

恨めしい気持ちで瑛真を睨み上げれば、至近距離にある綺麗な顔に返り討ちにあってしまった。

長い間、お年寄りばかりを相手にする環境に身を置いていたものだから、イケメン耐性がなさすぎて、いとも簡単に心を乱してしまう。

私ってばなんて残念な女なの……。

イケメンという絶大なる力に立ち向かうことができないと悟った私は、もうどうにでもなれと身体から力を抜いた。

その行動を瑛真はどう受け取ったのか分からないけれど、エントランスを出てすぐ目の前に現れた黒塗りの車の前で、「ふっ」と口角を上げて吐息を漏らす。

なんだかものすごく悔しい気持ちにさせられる。

黒塗りの車のエンブレムはＢＭＷのものだった。しかめっ面の私を後部座席に座らせると、瑛真も当たり前のように隣に寄り添ってきた。

距離を取ろうと身体を横にずらせば、「なにをしている」と逞《たくま》しい腕がまた腰に回る。

「もうっ！　触りすぎ！　エロジジイか！」

私の叫びに、瑛真は「ジジイではない」と冷静に答えた。

……もう、やってられないわ。

わざと聞こえるように大きな溜め息をついてシートへ背を預けた。

運転席からは微かな笑い声が聞こえた気がする。

私は隣にいる瑛真を完全に無視して、窓の外を流れる景色をただただ見つめていた。

強引な契約

どんな高級マンションに連れていかれるのだろうという私の期待は裏切られなかった。

「今日は天気もいいですし、地下駐車場ではなくこちらでもよろしいでしょうか？　せっかくなのでエントランスから入られた方が、美和様もマンションの雰囲気が分かるかと思います」

マンション前の道路に車を停止させた後、柏原さんがバックミラー越しに聞いた。

「ああ、そうしてくれ」

返事を聞いてすぐに柏原さんは外に出て、後部座席のドアを開く。

瑛真が先に降り、振り返って手を差し出してくれた。

こういう扱いを受けるのは久しぶりだな、と懐かしい気持ちになる。昔はこれが日常の一部だったりした。

瑛真のエスコートを受けて外へ出ると、柔らかな陽射しが頬を照らした。

「駐車場に停めてからお部屋に伺います」

柏原さんは一礼してすぐさま車へと乗り込む。

マンションに入るまで見送らないことを不思議に思っていると、瑛真が私の背中に手を添えて言う。

「一分一秒でも早く、美和とふたりきりになりたいのを察してくれたんだよ」

瑛真は微笑を浮かべた。

さっきから甘い言葉を吐かれ続けているせいで、激しく胸焼けを起こしている。

これが彼の通常運転だとすれば、お遊びしてきた女性たちはさぞかし甘い日々を送っていたのだろう。

私は恋愛に関しては淡泊な方だと思う。三カ月前に別れた人にも、『美和は俺を必要としていないんだろう?』と言われて振られてしまった。

そんなことはないのに。ただ、上手な甘え方が分からないだけ。

いつまでもぼうっと突っ立っていた私の手を取り、瑛真はマンションの中へ颯爽《さっそう》と入っていくと、中にいたコンシェルジュに軽く挨拶をしてエレベーターへ足を向ける。

「部屋は何階なの?」

遠慮がちに尋ねると、「最上階だ」と返ってきた。

「所有していると言っていたけど、まさかタワー全部じゃないよね?」

「そんなわけないだろう」

そうなんだ。よかった。

胸を撫で下ろしたのも束の間、

「ワンフロアだけだ」

続けられた言葉を聞いた瞬間にサアーッと血の気が引いた。

「美和はタワーマンションに住むのは初めてか？」

勝手に住むことにしてるし……。

とりあえずそこにはツッコまずに頷く。

「そうか」

ふと、また昔の記憶が蘇る。

堂園の家は確かにお金持ちだった。両親が建てた一軒家は洋風建築で、小さい頃の私はお城に住んでいるのだと本気で思っていた。

何人ものお手伝いさんがいて、誰もが私に優しく接してくれていた。

毎日、フリルやリボンがたくさんついた可愛い服を着て、甘い花の香りに包まれた部屋で遊んだ記憶ばかりが残っている。

実際に、外で遊んだことはほとんどなかったのかもしれない。男の子である瑛真とですら室内で穏やかに過ごしていた。

お城はゆっくりと壊れ始めていたのに、幼い私は少しも気づいていなかった。

栄華を極めていた堂園化成も、時が経つにつれて業績が悪化し経営が立ち行かなくなっていた。

そしてある日、会社の資金繰りのために自宅を売り払うことになり、家を出ることを余儀なくされた。

慌ただしく車に乗せられた私は、本家である祖父母の家に連れていかれた。

遊びに行くとは聞かされていなかったけれど、祖父母のことが大好きな私は単純に喜んでその日一日を過ごした。

けれど次の日になっても両親は迎えに来ず、本家にもたくさんのお手伝いさんがいたはずなのに、人の気配はほとんどなくなっていた。とにかく不安で、三日目にもなるとおばあちゃんから片時も離れようとしなかったことは鮮明に覚えている。

結局お城に戻ることはなく、両親と共に祖父母の家で暮らすことになり、通っていた私立の小学校から公立へ転校させられた。

あの頃が一番大変だったな……。

会社の再建の目処《めど》はつかず、生活は困窮《こんきゅう》した。当たり前のようにいたお手伝いさんもいなくなり、それまでの裕福だった暮らしから一転、私は身の回りのことを全て自分でやらなければならなくなった。

それだけでなく、学校生活でも苦労を強いられた。

瑛真をはじめ、仲がよかった子たちとはまったく会えなくなり、新しい学校では今までと環境が違いすぎて馴染めず、友達はひとりもできなかった。

それ以前に、〝言葉遣いが変〟だとか、〝ぶりっ子〟だとか、みんな私をいびって嫌い、先生たちもどこかよそよそしかった。

今にして思えば、この出来事が私の性格を大きく変えてしまうきっかけだった。

ひとりでも生きていけるように、強くならなければならないと毎日気を張っていたので、いつしかこんなに可愛げのない女ができ上がってしまったというわけだ。

仕事に追われてほとんど家にいることのなかった両親に代わり、十数年もの間私を育て、一番の味方となってくれたのはおじいちゃんとおばあちゃんだった。

彼らは富裕層の暮らしをしていたにもかかわらず、事業が傾いてから庶民的な生活を強いられるようになったことに、なんら抵抗を感じていないように見えた。

そのおかげで環境の変化に順応できた私は、中学に上がる頃にはごく普通の女の子になっていた。

家業ではなく介護の道に進もうと決めたのも、ふたりの存在が大きい。老いていく祖父母と一緒に暮らしていて、自然と彼らのようなお年寄りの手助けがしたいと思うようになったのだ。

特に祖父は病気になってから日に日に弱っていったから、知識のない自分ができることは限られていたし、家に来てくれるヘルパーさんのことをとても尊敬していた。

未経験でも始めることができて、ニーズの高い介護職は一見簡単にできると思われがちだ。けれど、当たり前だけど誰にでもできる仕事ではない。だから、介護の仕事に携わる自分を誇りに思っている。

考えごとをしている間に、最上階へと到達したエレベーターの扉が開く。瑛真は足早に通路を進み、【Seori】という表札が掲げられた扉の前でカードキーをかざす。

「気に入らなければ引っ越せばいい。必然的に女性の方が長い時間家で過ごすことになる。だからこそ妻が住みやすい空間にすべきだ。美和の居心地のいい空間を作るためなら、時間も金もいくらでもかけよう」

とても素敵な言葉と、げんなりする言葉を同時にもらって複雑な心境になる。

まあ、結婚なんてしないから気にしなければいいんだけど。

どうせ話が通じないので、思いは心に留めておいて、廊下を抜けてリビングへと入った。

まず目を奪われたのが全面ガラスの窓。一歩一歩、慎重に足を踏み出して窓へと近付く。

このタワーマンションは眺望重視で造られているらしい。川沿いに建っているため、視界を遮るものがなにもなく開放感がある。川にかかった橋を渡る車の流れを眺めることもできるし、河川敷に広がる緑は目に優しい。優雅に飛び回る鳥がすぐ近くにいて、目を見張った。

すごい。ホテルの客室以外では、この景色はなかなかお目にかかれないだろう。

「夜景は綺麗だと思う。俺はあまり興味ないけど、美和には気に入ってもらえるんじゃないかな」

見てみたいな。

でも、残念だけど夜景を見ることができる時間帯までここにいるつもりはない。

「さてと。まずどこから話そうか」

瑛真は、ネクタイの結び目に指先を引っかけて外す仕草をする。

それが色っぽくて、胸がドキドキと鳴った。

慣れた手つきで簡単に外したネクタイをソファへ投げ、次に片手でジャケットを脱ごうとしている。しかし片手しか使えないから脱ぎにくそうだ。

……うずうずする。

職業病だろうか。困っている人を見ると、どうしても手を出したくなってしまう。

結局、我慢できなくなった私は、瑛真の背後に回ってジャケットに手をかけた。

「ありがとう」

なんだか照れくさくて、「うん」としか返せなかった。

ワイシャツだけになった彼の姿に目を留める。包帯が巻かれているせいで左肩のあたりが少しだけ盛り上がっていた。

瑛真は第一ボタンを外し、私の手からジャケットを取ろうとする。

「いいよ、私がやる」

そう言って、ネクタイも拾い上げた。

「どこにかければいいの？」

「寝室に」

瑛真はリビングを突き進んで奥の引き戸を引いた。

思っていたより小さめの部屋の中には、ダブルベッドと仕事用らしきデスクしか見当たらない。

「ここが寝室？」

ワンフロア全てなのだから、部屋数もかなりあるはずだ。

「ここならリビングと行き来しやすいから動線が短くて済む」

もったいないなぁ。せっかく広い部屋があるのならそっちを使えばいいのに。

考え方が建設関係に携わる人間の発想だ。

「他の部屋は使っていないの？」

「今日から美和の部屋になる一部屋を除いては、使用していないな」

瑛真の中でどんどん話が進んでしまっている。早く話をつけないと……。

「これはどうすればいいの？」

手にしているネクタイとジャケットに視線を落とす。

「また後で着るから、ひとまずそこにかけておいてくれ」

指定された場所へハンガーにかけておく。

また会社に戻るのかな。だとしたら手短に話を済ませなくちゃ。

リビングへ戻ったところで廊下から物音がした。それから間もなくして柏原さんがリビングに入ってくる。

合鍵を持っていることと、なんのためらいもなく入ってきたことに驚く。

「お話し中でしたか？」

「いや、大丈夫だ。ちょうどいい。これから契約書にサインをもらおうと思っていたところだ。用意してくれ」

「かしこまりました」

革の光沢が美しいビジネスバッグから紙を取り出した柏原さんは、ダイニングテーブルに万年筆を添えて置いた。

「どうぞ」

椅子を引いたまま、私が座るのを待っている。

柏原さんのもとまで歩いていき、引いてくれた椅子を手で押してもとの位置に戻した。

「ここまで来て申し訳ないんだけど、というか連行されたから仕方ないんだけど、気持ちは変わってないから。私のやりたい仕事は介護であって、お手伝いさんではないの。分かってほしい」

私の力強い視線を受けた瑛真はゆっくりと歩み寄ってきた。そして柏原さんを退けて、また椅子を引く。

動こうとしない私に困り顔を見せ、「カフェオレを入れてくれ。豆乳で」と柏原さんに指示をする。

「それでいいよな?」

聞かれて、こくりと頷いた。

私の好きな飲み物までも把握されていて、嬉しいような気持ち悪いような、なんともいえない気持ちになる。

緊張から喉がまた乾いてしまっているし、せっかくなので飲み物だけでもいただいていこうかな。

大人しく腰を下ろすと、瑛真はテーブルの反対側に回って、私の正面に座った。

「美和はつい最近、福祉住環境コーディネーターの、二級を取得したよな?」

瑛真の言う通り、社会福祉士の資格と並行して取得した。

もはや私のことについて知らないことなどなにひとつないのかもしれない。

「最近、バリアフリー化に伴う改修工事がかなり増えているでしょ? 堂園の家も古くて段差が多いの。おじいちゃんやおばあちゃんが大変そうにしていたのを見ていたから、私生活で役立てることもできるし」

「そうか。てっきり建築関係の仕事にも興味があるのかと思っていた」

「どうしてそう思ったの?」

「福祉住環境コーディネーター取得者は、住宅改修費の支給申請に必要な書類を作成することができるだろ？」

「そうかもしれないけど、国家資格でもないし、その資格ひとつで建設業に携われるとは思ってないよ」

「まあ、その通りだな」

瑛真は深く頷いた。

「美和がその気なら、俺の介助をしながら建築について学んでもらおうとも思ったが、そうではないんだな？」

「うん。私は介護の仕事に携わりたいの。だから、結婚して会社の仕事を手伝えと言われても無理よ」

「そんなこと言うはずがないだろう」

それはどういう意味？　私のような人間に、瀬織の仕事は務まらないとでも？

瑛真の考えが分からなくて、綺麗な瞳を睨むように見る。

すると、瑛真は射貫くような眼差しを向けた。

「たとえ一時は衰退したとはいえ、美和は今も昔も堂園家の令嬢だ。この意味が分かっているか？」

急に、なに？

私は眉間の皺を一層深くする。

「おじさんは、子供ができる前から女の子には後を継がせるつもりはなかったそうだ。結婚相手も瀬織建設の後継ぎとなる俺と決まっていたから婿を取ることもできないし、そのこともあって、会社の立て直しと共に後継者探しも同時進行していた」

意図が見えないけれど、瑛真の真剣な話しぶりにとりあえず最後まで聞こうと姿勢を正す。

「これまで同族経営だった堂園化成の跡取りがいないということが、どれほど大変なことか……。それでもおじさんは、美和を俺にくれると言ってくれた」

聞き捨てならない発言ね。人をモノ扱いしないでほしい。

文句を言いたいけど、話の腰を折るようでできない。

「おじさんなりに、美和にとっての幸せがなんなのかを常々考えているんだよ。娘にはやりたいことをさせ、自身は堂園化成を守ることも怠らなかった。すごいことだよ」

いい父親を持ったな、と付け足して、瑛真は微笑んだ。

そんなこと考えたこともなかった。

瑛真の言うように、私は物心ついた頃から、自由にやりたいことをやってもいいと言われて育ってきたから、会社を継ぐことは一度も考えたことがない。その裏で、お父さんがそんな苦労をしていたなんて知る由もなかった。

だって、そういう肝心なところはお父さんもお母さんも話してくれないんだもの。許婚の話だってそう。最近では三人でよく食事に出かけているのに、話す内容といえばくだらないことばかり。

私が大学を卒業したタイミングで、お父さんたちは新しい家を建てた。それは、経営が立て直されたことを誇示《こじ》するためでもあった。

一緒に暮らそうと言われたけれど、私は本家でおじいちゃんとおばあちゃんと一緒に暮らすことを選んだ。三年前に亡くなったおじいちゃんは、その時すでに胃癌を患《わずら》っていたし、最期までそばにいたかったから。

それに、思春期に一般家庭と大差ない暮らしをしていたので、今さらお嬢様扱いされることに戸惑いがあった。

でも、お父さんたちの本当の気持ちはどうだったのだろうか。

もしかしたら、家族三人で暮らすことを楽しみにしていたのかもしれないし、家業を継いでほしかったのかもしれない。

寂しい思いはたくさんしたけれど、それでも両親を恨んだことも嫌いになったこともなかった。毎年誕生日は必ず祝ってくれたし、少しでも時間ができた時は私と一緒に過ごしてくれた。

それに、おばあちゃんが口癖のように、『美和のお父さんとお母さんは一生懸命働いて偉いねぇ』と言っていたので、私もそう思うようになっていたんだ。

本当に、大切な堂園化成を守るために一生懸命働いていたんだよね。

……それなのに私は、自分のしたいことばかり優先してきた。もっとお父さんたちの気持ちを推し量る努力をするべきだった。

「どうぞ」

しばらく放心状態でいた私の前に、柏原さんがカフェオレボウルを丁寧な動作で置いた。湯気と香りが、痛んだ胸を優しく撫でてくれる。

「美和様は半袖でいらっしゃいますので、少し肌寒いかと思い、ホットにしました」

まだ残暑が続く九月だ。動き回ることが多い仕事なので、この時期はいつも半袖を着ている。だけどスーツ姿で過ごすことの多い家主に合わせてか、この部屋はだいぶ冷やされている。

柏原さんの気遣いと穏やかな声音もあいまって、無意識に強張っていた身体から力が抜けていった。

「ありがとうございます」

両手でボウルを持って口へと運ぶ。

温かい液体が身体の中心をゆっくりと通過して、ほっと息を漏らした。

「柏原、室温を上げておいてくれ」

「あ、いいよ、そんな」

私が止める暇もなく、柏原さんは機敏な動きでエアコンの温度を調整してしまった。

「美和が風邪を引いたら困るからな」

慈愛を感じさせる眼差しを受け、身体だけでなく心も熱くなる。

ダメだ。イケメンという強者に耐性がつくどころか、どんどんその魅力に落ちてしまっている。

これ以上惑わされないように、なるべく瑛真と目を合わさないようにした。

「せっかく与えられた自由なんだ。思う存分、好きなことをするべきだと俺は思う」

好きな人と添い遂げるという私の自由を奪おうとしているくせに、どの口がそんなことを言うのだろう。

「いろいろと気づかせてくれてありがとう。でもその話を聞いて、ますます今回の件は聞き入れられなくなったわ」

「そこまで介護の仕事が好きなら、俺のことも見捨てることなどできないと思ったんが……美和は一筋縄ではいかないな」

瑛真は溜め息をついた。

「当たり前よ。地に落ちたお嬢様がその後どんな人生を歩んできたのか、私に豆乳カフェオレを出す瑛真なら知っているんでしょう？　私は甘い話に乗ったりしない真面目な人間なの。人生の岐路《きろ》での決断というのは、そう簡単に決めていいものではないわ」

両親に守られてきた事実は認めても、私が茨の道を歩んできたことに変わりはない。絶対に夢なんて見ない。私は常に現実を見据えて生きてきたのだから。

「その堅実主義なところ、ますます好きになりそうだ」

頭の固い女だとげんなりされると思ったのに、瑛真はなぜか喜んでいる。

「昔の儚《はかな》げな美和も素敵だったけど、今の美和の方がずっといい。でも、俺の前ではそんなことは言わせないよ」

そう言って瑛真は立ち上がったかと思うと、私の横へ移動してきた。

「な、なに？」

身の危険を感じて私も椅子から立ち上がろうとする。

「美和」

浮きかけたお尻は肩に置かれた右手によって押し戻され、大きな手のひらは肩からうなじへと回った。

間近に迫った美しい顔。

ちょ、ちょっと待って……！

ふわりと石鹸の香りが鼻を掠《かす》め、私の口角のすぐそばに瑛真の柔らかな唇が触れた。

静寂の中に自分の心臓の音だけが鳴り響く。

……唇にされるかと思った。

強引なくせに、なんて優しいキスをするのだろう。

初めてきちんと瑛真の心の内が覗けたような気がして、胸がきゅうっと締めつけられる。

「やっと美和を手に入れることができるんだ。逃がすものか」

そっと離れた唇は、また甘くて強引な台詞《せりふ》を落とした。

避けようと思えば避けることができたのに、キスを受け入れてしまったことへの動揺と羞恥《しゅうち》で身体中が熱くなる。

「な、にして……」

声すらも上手く出せない。

瑛真が離れたことで開けた視界に、柏原さんの姿が入った。

気を使ってくれているのか、柏原さんはわざとらしく顔を背けてなにもない壁を見つめている。その行動が余計に羞恥心を煽《あお》る。

気まずすぎるよ……。

「イエスと言えないのなら強行突破するけど、それでもいいのか？」

屈んで目線を合わせてきた瑛真の瞳は、獲物を狙う獣のようだ。

ホテルで感じた恐怖心がまた襲ってくる。

きっとサインをしなくても、裏で手を回して、私を正式雇用するなんていとも簡単なことなのだろう。

「……期間は？」

瑛真の眉がピクリと動く。

「一カ月……いや、念のために二カ月としよう。無理はよくないんだよな？」

そう、無理はよくない。完全に治りきる前に無理をすれば脱臼癖がついてしまう。

今の瑛真を見る限り、私が止めなければどこまでも無理をしそうだ。それが分かっていてここで突き放すのは後味が悪い。

「そうだな。仕事内容としては、家で身の回りの世話をするだけじゃなく、会社にも同伴して、事務的な仕事のフォローをしてほしい」

「えっ？　仕事も？」

「柏原も忙しい。俺につきっきりというわけにはいかないんだ。難しいことは頼まないから大丈夫だ」

「……うん、まあ、そうだね。えっと……泊まり込みという条件は変わらず？」

「もちろんだ」

断られることはないと確信しているのか、瑛真の表情は尊大なものだった。

張り合っても意味はないのだと観念した私は、深々と溜め息をつく。覚悟を決め、瑛真の胸元に手を置いて、そっと押し退けた。

手のひらに伝わったのは、肌ではなく包帯の感触だった。

瑛真の痛すぎるくらいの強い視線を浴びながら、微かに震える手で万年筆を握り、契約書にサインをした。

万年筆なんて久しぶりに使ったわ……。

「これでいいんでしょう？　言っておくけど、私は優しくないからね？」

途端に瑛真は満面の笑みになった。

あどけない笑顔に毒気を抜かれる。

喜んでもらえるのは悪い気はしないけど……。

「俺はこれから会社に戻る。美和はここで好きに過ごしてくれ」

「好きに過ごすって、私は荷物を取りに戻らないと」

顔合わせをした後に荷物を運ぶつもりでいたので、ショルダーバッグに入っている財布と鍵、手鏡とリップクリームとハンドクリーム以外持ってきていない。

「なにか大事なものでも置いてきたのか？」

「大事というか、生活する上で必要なもの全て置いてきたんだけど」

「必要最低限のものは用意してある。もし他に必要なものがあるなら、柏原か俺に言えばいい」

「え……必要最低限のものって……」

困惑している私を置いて、瑛真は寝室へと足を向けた。きっと着替えるのだろう。

おもむろに近寄ってきた柏原さんが差し出したのは、この部屋のカードキーだった。

「美和様。こちらを」

「なにかありましたらこちらへお電話ください」

ジャケットの内ポケットからメモ用紙を取り出して、テーブルの上の万年筆を使ってさらさらとふたつの番号を書いた。

「上が副社長、下が私です。副社長の番号はプライベート用なのでご遠慮なさらずに」

「はい……」

柏原さんの隙を与えない風姿に、ただ頷くことしかできない。

瀬織建設副社長の秘書を務めるくらいだ。きっとこの人もエリートなのだろう。所帯持ちと言っていたからお子さんもいるのかな？

「なにか？」

じっと見つめていたせいで、訝《いぶか》しい顔をされてしまった。

「あ、いえ」

なんでもないです、と顔の前で手を振ったところで瑛真が戻ってきた。ネクタイを中途半端に首にかけている。

そっか、結べないいんだ。

そんなことにも気が回らなくて申し訳ないことをしたと、反省の面持ちで瑛真を見れば、しかめられた顔とぶつかる。

「なにをしている」

温度のない声音に心臓がビクッとした。

お、怒ってる……？

足早に歩いてきた瑛真は、私を自身の胸に抱き寄せた。

「え⁉」

広くて厚い胸板に包み込まれて鼓動が駆け足になる。

「カードキーを渡して、携帯の番号を伝えていただけです」

笑いを含んだ声が聞こえて、驚いて柏原さんを見ようとしたけれど、瑛真が許してはくれなかった。

鼻も口も押しつけられて息がしづらい。

それに、スーツが汚れちゃう。

「く、くる、しい……」

「ああ、悪かった」

腕の力が弱まって、胸板と僅《わず》かに距離ができる。その隙間で小さく息をつくと、気遣うように頭を数回撫でられた。

胸の高鳴りが大きくなる。

この扱いは甘すぎるよ……！

「美和様。ご覧の通り副社長はかなり嫉妬深い。なるべく私とふたりきりになったり、親密に話をしたりすることは避けた方が賢明かと思います」

「親密になる必要性がどこにもない」

瑛真は柏原さんの言葉に被せるようにして、まだ不機嫌そうな声で言った。

「そうですね」

柏原さんはまた笑いをこらえている。

このふたり、どうやら仲がいいみたい。

目上の瑛真に対してこんなに温和な態度を取ることができるのは、瑛真がそれを許しているからだ。

部下に傲慢な態度を取っていないと分かって、少しだけ安心した。

おじいちゃんもお父さんも優しい人だ。瑛真だって、お金持ちだからといって性格に難があるだろうという先入観は持っちゃダメだよね。

「ネクタイ締めてもらえるか？」

頷いて、ネクタイを手に取る。

体温が感じられるほど近い距離で瑛真に見下ろされる形となり、緊張で手が震えた。

情けないくらいに一生懸命な私の腰に、瑛真の手が添えられる。

「またそうやって……！」

まった。

怒ろうとしたのに、瑛真があまりにも優しい顔をしているものだから口を噤《つぐ》んでしまった。

……うう。瑛真がここまでイケメンじゃなければ、こんなふうに言いなりになんてならないのに。この美貌を前にすると、催眠術をかけられているかのごとく自分というものがなくなってしまう。

「できました」

「離れたくないな」

耳に温かい吐息がかかる距離で囁かれた。

その瞬間、痺《しび》れるような感覚が身体の芯を突き抜ける。

「ちょ、ちょっと！」

慌てて押さえた手も耳もかなり熱い。

これは絶対に顔が真っ赤になっているはず。

瑛真も気づいているよね……？

こわごわと瑛真を見上げれば、にこやかな微笑みと共に、頬にキスが落ちてきた。

「——‼」

な、なにしてくれてるの!?

あまりに唐突で避けられなかった。唇をわなわなと震わせるだけで、言葉を発することができない。

「また後で」

そんな私を置いて、ふたりはさっさと部屋から出ていってしまった。

「え……」

静かなリビングには、小さな嘆きの声がよく響いた。


なんの説明もないままリビングにひとり残された私は、ひとまず瑛真が用意してくれたものを確認しようと、家の中を探検することにした。

その前にふたつの電話番号を携帯に登録しておく。

携帯のディスプレイに表示された時刻は、十七時半を過ぎたところだった。

ホテルで待ち合わせたのが十五時だったので、時間の経過の早さに驚く。

「さてと」

リビングを出て、まず初めに玄関へと向かった。

シューズクロークらしき扉を開けると、そこには女性物のスニーカーからパンプスまで、ありとあらゆる靴が揃えられていた。

「わっ、可愛い」

この部屋に上がった時に出してくれたルームシューズも、小ぶりのリボンがついた可愛らしいデザインのもので、私の嗜好《しこう》をきちんと取り入れてくれているのが窺《うかが》えた。

スニーカーをひとつ取り出してサイズを確認すると、私にぴったりのサイズになっている。そして、目に入った高級ブランドのロゴに息を呑む。

「嘘でしょ……」

こんなの一体どこに履いていけっていうのよ。

扉を閉めて、動悸を落ち着かせるために一度大きな深呼吸をした。

まだ忙《せわ》しない心臓に手を置きながら、次はパウダールームへと入る。

上質な大理石のカウンターの下にある棚を開けると、中には気にはなっていたけれど高くて手を出せずにいた、海外ブランドの化粧品一式が並んでいた。

「信じられない……」

手に取るのも怖くて、シューズクロークと同様に静かに棚を閉じた。

頭を持ち上げて鏡と向き合う。そこには情けない顔が映っている。

ポロシャツ姿の自分を恥ずかしいだなんて一度も思ったことがなかったのに、今初めて滑稽《こっけい》だと思ってしまった。

……見かけなんてどうでもいいじゃない。

そう思うのに、足取りがどうしても重くなる。

この家にはあとふたつ部屋があるらしい。まずは手前の部屋を覗いてみたけれど、そこにはなにひとつ物はなく、使用された形跡がなかった。

あとは……ここか。

残された一部屋の扉を開けると、そこにはホテルの一室を再現したかのような光景が広がっていた。

白壁に木製家具を取り入れた癒される空間のリビングと違って、この部屋はグレイッシュの壁に、インテリアは全てダークな色合いで統一されている。大人の、それこそ瑛真のような高貴な人間に似つかわしい部屋だ。

存在感たっぷりのキングサイズのベッドのそばにはお洒落なスタンドライトが置かれ、その他にはひとり掛けのリクライニングソファとテーブルがあるだけ。

この部屋も、瑛真が寝室として使っている部屋と同様にとてもシンプルなものだ。物が多いのを嫌う人なのかもしれない。

ここは私のためではなく、瑛真が寝室として使用するために用意された部屋のような気がする。これだけ素敵な部屋があるのなら、こっちを使用すればいいのに。本当にもったいない。

壁の一面を占めているクローゼットをドキドキしながら開ける。

予想通り、いや、予想以上の服の数に一瞬思考が停止した。

靴の時以上に、どこに着ていくのかと疑問を覚えるドレスも何着かかっている。不安になって端から手当たり次第確認していくと、仕事に使えそうなスラックスもあって胸を撫で下ろした。

これは必要最低限の域を超えている。お金持ちの感覚って、やっぱり狂っているわ……。

重い溜め息をつき、皺ひとつないベッドにゆっくりと腰を下ろした。

祖父母の家もお屋敷と呼べるほど立派なものだったけれど、建物自体は古く、家具も家電も何年も新調していなかったので、一般家庭とそう変わらなかった。

急速に疲労感に襲われてベッドへ横たわる。

なんて寝心地がいいの……。

自然と瞼《まぶた》が落ちてきて慌てて目を開いた。

今すぐにでも寝落ちしそう。

絶対に目はつぶらないようにして、真っ白な天井を見つめながら昔の記憶をゆっくりと辿《たど》った。

瑛真は私を初恋の相手だと言っていたけれど、私の初恋も瑛真だった。

私にとって幼少期の思い出は宝物で、幸せだった頃の記憶が消え失せないように、何度も思い出しては心の拠《よ》り所にしてきた。

そこまでたくさんのことを覚えているわけではないけれど、断片的に思い出す記憶には必ず瑛真がいる。彼とは四六時中一緒だった。

私も含め、習い事に追われて多忙な同級生たちとは、幼稚園や小学校以外では基本的に遊ぶことはなかった。けれど家族ぐるみの付き合いがある瑛真とは、親と一緒に休日に互いの家を行き来したり、食事に行ったりしていた。

小さな頃の四歳差は大きい。しかも異性ということもあり、瑛真はとにかく頼れるお兄ちゃんだった。

よく思い出すエピソードの中に、家族合同でキャンプに行った時のことがある。私が小学二年生で、瑛真は六年生だった。

水着に着替え、膝くらいまである川で遊んでいた時だ。岩と岩の間に足を取られ、お気に入りだったピンクのサンダルが脱げて流されてしまった。

どうしよう、と呆然《ぼうぜん》としていた私の横を、瑛真は目にも留まらぬ速さで駆けていった。大きな石の上をぴょんぴょんと飛び跳ねていた勇敢《ゆうかん》な後ろ姿を、いまだに鮮明に思い起こすことができる。

瑛真のおかげでサンダルが足に戻ってきたのに、大人たちは瑛真を叱った。怪我をしたり、溺れでもしたらどうするの、と。

大人になればそれくらいの判断能力はあるけれど、当時まだ小学生だった瑛真にそれを求めるのはなかなか厳しいと思う。

私は、サンダルを取ってきてくれた瑛真を褒めることのない大人を、険しい顔で見つめていた。それでも瑛真は真面目な顔で聞き分けていた。

私が納得できず口をまっすぐに結んでいると、

『お気に入りだもんね。なくならなくてよかった』

私のもとへ歩み寄ってきた瑛真が、そう言って微笑んだのだ。

瑛真にとってはなにげない言葉だったはず。でも私の胸には強く響いて苦しくなった。嬉しさと、申し訳なさがないまぜになって胸を締めつける。

当時はまだ恋なんて知らなかったから、胸が苦しいとしか感じなかったけど、あれは好きな人にしか反応しない心臓の動きだ。

優しくて頼りがいがあってカッコいい、大好きな男の子。

会えなくなって彼のことを考えるたびに、想いは募っていった。もう一度会いたいと何度思ったことか……。

だからこそ、瑛真の行動に納得がいかなかった。陰でこそこそ身元調査なんてしないで、私がひねくれる前に会いに来てくれていれば、素直に許婚という事実を受け入れられたのに。

馬鹿みたいだけれど、王子様が迎えに来てくれたって思えたはずだ。

だってそうじゃない？　いろんな女性とお遊びするくらいなら、いくらでもうちに足を運ぶ時間はあったはず。

可愛くない態度を取ってしまったけれど、一度は瑛真のことが好きだったわけだし、許婚と言われてもそこまで強い嫌悪感は抱いていない。それでも激しく反発してしまったのは、瑛真の気持ちが全然見えないからだ。

その反面、さっきのキスは優しいものだったし、自惚れかもしれないけれど愛情は感じることができたことも事実。

「でも、ただの人たらしなのかもしれないし」

声に出して、わざと自分に言い聞かせる。

心を許した後に裏切られて傷つきたくなんてない。

がばっと勢いよく身を起こして、ポケットから携帯電話を取り出す。

誰からも連絡は入っていない。

夕飯はどうするつもりなのかな？

食事を用意するのは私の仕事になるのだろうけど、まだ具体的なことをなにも聞かされていないので、勝手に作っていいものか分からない。

ひとまずリビングへと戻り、アイランドキッチンへ足を運ぶ。水垢ひとつ見受けられないシンクにどぎまぎしつつ、ここでも棚をひとつひとつ開けて確認した。

一通りの調味料や調理器具は揃っている。それに、綺麗に手入れされているけれど多少の使用感はある。初めてこの家で人が生活しているのだと実感した瞬間だった。

瑛真が使っているの？　でも、料理をしているところが想像できない。

もしかして以前交際していた人が使っていたとか？

そうだとしたら、やっぱり全然一途なんかじゃない。

野獣の甘い罠

部屋が薄暗くなってきたと感じて窓外を見やると、いつの間にか濁った色の雲が一面に広がっていた。

夕暮れにしては早いと思ったけど、天気が崩れてきたせいだったらしい。陽射しがなくなった途端、心もとない気分にさせられる。

部屋の明かりをつけて、まだなんの連絡も入らない携帯電話を握りしめる。

どうしよう。連絡してみようかな？

お腹も空いてきたし、もしこのまま夜遅くまで帰ってこないのなら、自分の分だけでもご飯を用意しておきたいので、雨が降り出す前に買い物に行きたい。

どうしたものかと広いリビングを行ったり来たりしていると、手の中で携帯電話が震えた。

見ると、メッセージアプリに登録した覚えのない瑛真の名前が表示されている。

【二十時には帰る】

いつの間にか私の番号を登録し、友人に追加していたことはこの際置いておこう。

【了解しました】

すぐに返信してからひと息ついた。

よかった。カードキーを手渡されたけれど、エレベーターの乗り降りすらもひとりでは不安がついてまわる。瑛真が帰ってきたらいろいろ教えてもらわなくちゃ。

日が暮れた外の景色は光の粒が増え始めている。しばらく眺めていると、近くに建っているマンションの屋上の地面が濡れていることに気がついた。

あれ？　もしかして雨が降ってるの？

耳を澄ましても雨音なんて聞こえない。

タワーマンションって、雨が降っているかどうか分かりづらいんだ……。

普段の生活からかけ離れた場所にいることに、また心がそわそわと落ち着きをなくす。

これのどこが〝ご令嬢〟なのだろう。私はただの庶民なのに。

リビングのソファでしばらく過ごしていると、唐突に稲妻が空をジグザグに切り裂いた。

「ひゃっ⁉」

ソファから飛び退いて、窓から一番遠い壁に張りつく。

……そっか。夜景もだけど、こういうのも必要以上に鮮明に見る羽目になるわけね。

特段今まで雷が怖いとは思ったことはない。でもさすがにこれは——。

またフラッシュを焚いたかのような稲妻の光が瞬いた。

お、落ちないよね？

避雷針は設置されていると思う。だけどもし停電でもしたらと思うと、不安が次から次へと襲ってくる。

停電したらエレベーターも止まっちゃう。そうしたら瑛真は帰ってこないかもしれない。

「早く帰ってきてよ……」

無性に心細くなり、壁際に座り込んで小さく丸まった。

しばらくそうしていると玄関から物音が聞こえ、ハッとして立ち上がったタイミングで瑛真がリビングに入ってきた。

「なにをしているんだ？」

点になった目で見つめられる。

雷が怖くて壁にくっついていたなんて、恥ずかしくて言えるわけがない。

「あ、えっと……お、おかえりなさい」

「ただいま」

瑛真はふわりと微笑んだ。

そこでまた辺りが光った。

「ああ、怖かったのか」

僅かに肩を揺らした私に目ざとく気づいた瑛真は、流れるような所作で私を抱きしめた。

「ちょっと！」

腕の中で身体をよじっても、相変わらずびくともしない。というか、片腕脱臼している人を本気で押し退けることができない。

「ひとりにして悪かった」

慣れない場所でずっと気を張っていたせいか、瑛真の温もりがとても心地よく感じる。

こんなのまるで子供みたいじゃない。

自分の行動に恥ずかしさを覚えて、真っ赤になりながら「離して」と声を絞り出したけれど、瑛真は腕の力を弱めてくれない。

「入ってもよろしいでしょうか」

いの男性が入ってきた。

いつからいたの⁉

「え⁉」

すぐそばで聞こえた声に、瑛真が「そうだ、忘れていた」と呟いた。

咳払いと共に入ってきたのは柏原さんで、続いて医療用白衣を着た三十代後半くらいの男性が入ってきた。

かあっと身体中が熱くなる。

「理学療法士の石原《いしはら》さんだ」

「石原です。初めまして」

いきなり紹介を受け、戸惑いながらも「堂園です」と頭を下げる。

「毎朝家でテーピングと着替えを手伝ってもらっていたんだが、美和のことを話したら、これからは美和がやった方がいいと言うので、説明のために来てもらったんだ」

「私がやるの⁉」

「大丈夫ですよ。そんなに難しいものではないですから」

石原さんが、私を安心させるように穏やかな口調で言う。

そんなこと言われても……。

「寝ている間も固定をしていると治りも早いですし、お風呂上がりにすぐ固定をしてほしいんです。それから朝も巻き直してもらえれば、かなり安定してくるかと思います」

石原さんの言っていることはもっともなので、なにも反論できない。

「早速ですが練習しましょう」

石原さんが瑛真のシャツのボタンを外していく。

なんだか見てはいけないものを見せられているように感じるのは、こんな時でも色気を漂わせている瑛真のせいだ。

シャツを脱ぐと、インナーの上から包帯が巻かれていた。

裸じゃなくてよかったと内心ほっとする。

石原さんの言うように、包帯の巻き方は意外と簡単だった。ただ圧迫の加減が難しく、弱いと固定力に欠けるし、強いと血の巡りが悪くなって手先に痺れが出てしまう。

四苦八苦していると、額にじわりと汗が滲んできた。

巻き直すこと六回目。やっとのことで石原さんと瑛真から合格を言い渡された。

「つ、疲れた……」

手のひらで汗を拭う。

「堂園さん筋がいいですよ。手先が器用なんですね」

「いえ、そんな」

「今後は週に一度、月曜の朝にお伺いします」

「そんなに間が空いても大丈夫なんですか？」

「今はとにかく安静にすることが一番ですから。リハビリの段階になれば毎日でもお付き合い願うことになりますよ」

　石原さんはにこやかに笑う。

「それでは失礼いたします。頑張ってくださいね」

　石原さんと一緒に柏原さんも出ていき、ふたりきりになった途端、気まずさが大きくなる。

「お腹は空いているか？」

「あっ、うん」

「ケータリングを頼んでおいた。そろそろ届くと思う」

「え？　そうなの？　ありがとう」

　いきなりふたりで外食も気が引けるし、私が今から食事の支度をするのも億劫《おっくう》だったので助かった。

　それから間もなくしてインターホンが鳴った。

「俺が出る」

ソファから腰を上げようとした私を手で制して、瑛真はリビングから出ていった。

でも、片手じゃ品物を受け取れないんじゃないのかな。

音を立てないように扉を開いて、僅かな隙間から玄関を覗き見た。

二十代と思われる男性配達員と一瞬だけ目が合った。荷物はやはり多そうだ。

「手伝おうか？」

よかれと思って声をかけたのに、「いい。戻っていろ」といつになく強い口調で返された。

気圧されて、すごすごと扉を閉める。

そんなに怒ることないじゃない。そりゃあ私みたいなのが彼女だと勘違いされたら嫌なのかもしれないけど、配達員の人とはこの場限りでもう会うこともないのに。

ふてくされていると、扉越しに「手伝ってくれるか？」と頼まれた。

やっぱり手伝いが必要なんじゃない、と、むくれながら届いたものをダイニングテーブルへと運ぶ。手のひらにのしかかる重量感に眉根を寄せた。

この包み、どうなってるの？

淡い薄紫色の風呂敷で包まれた重箱は、どう考えてもひとりで食べきれる量じゃない。開けてみれば、中には三種類のおにぎりと、お総菜が六種類、そして肉と魚のメイン料理が三種類もあった。

信じられない。

ケータリングがただのデリバリーじゃなかったことへの衝撃を受ける。

「こんなに食べられないよ」

「美和と初めての食事なのに、ケータリングなんかで済ませてしまって申し訳ないと思って。少しでも喜んでもらえたらいいんだが……」

「十分すぎるよ」

「それならよかった。明日は休みだから外で食べよう」

えーっと……。それは生活サイクルの一部として？　それともデートに誘われている？

分からなくて返答に詰まる。

無言は肯定と受け取られたのか、瑛真はにこやかな笑顔で私の頬を長い指先で撫でた。

「……瑛真って、もしかして外国育ち？」

「どうしてそう思う？」

「スキンシップが多いから」

「ただ美和に触れたいだけだよ」

イケメンじゃなければ、ただの変態としてドン引きされる発言だ。

瑛真の甘い言葉だけでお腹いっぱいになってしまいそうなので、ひとまず向かい合わせに座って食事を進めることにした。

食べている間も熱い視線を送られて、美味しいはずのご飯が喉を通っていかない。

「いつもこういう食事をとっているの？」

空気を変えようと質問をする。

「いや。俺は薄味が好きだから、こういう味はどうも優しさに欠けて好きじゃない。だからたまに自炊しているけど、今は腕のことがあるからな」

「え⁉　自炊するの⁉」

「そんなに意外か？」

「意外だよ。男の人が料理すること自体が珍しいのに」

それが御曹司の瑛真がするだなんて。

「治ったらなにか披露するよ」

「……ありがとう」

ということは、元カノは出入りしていないのかもしれない。

「うっかりしていた。ワインを出そうと思っていたのに」

瑛真がしまった、という顔をする。

完璧そうに見える人だから、その仕草が少し可愛らしい。

「珍しいワインが手に入ったから、美和に飲ませたいと思っていたんだ」

「私のために出そうとか考えているのなら、そんな気を使わなくていいからね。まだ仕事のことについて聞きたいこともあるし」

「聞きたいこと？」

「そう。具体的になにをするのかとか、一日のタイムスケジュールを立てたい」

「ケースバイケースでいい」

「そんな適当な……」

「会社で仕事をする時もあれば現場に赴《おもむ》くこともある。これというのが決まっていないから説明しづらいんだ」

「……分かった。じゃあ家のことに関しては？　家事は一通りやればいいの？」

「美和の負担にならない程度でいい。無理なところはそれこそハウスキーパーを雇おう」

「それ、私がいる意味ないじゃない」

「あるよ。美和がここにいることに意味がある」

とろけそうなほど甘い笑顔で言われてしまい、心臓が大きく脈を打つ。

もうっ……なんて返したらいいか分からないじゃない。

結局、食事が終わるまで熱のこもった視線を向けられて落ち着かなかった。

家の中のものについて簡単に説明してくれた後、瑛真はパウダールームで足を止めた。

「美和が先に入ってくれ」

「ダメだよ。そこは家主の瑛真が先に入らなくちゃ」

「風呂上がりに着替えを手伝ってもらいたいから、美和も綺麗な状態の方がいいと思う」

「あー……そっか。じゃあ早めに入るね」

「ゆっくりでいいよ。下着も用意してあるから心配しなくていい」

にこやかな笑顔を振り撒きながら言うことじゃないんだけど！

逃げるように部屋へと駆け込んで、まだ鼓動が忙しないままクローゼットを開く。

中には淡い色合いの、セクシーというよりは清楚系な下着がずらりと用意されていて、あまりの衝撃にしばらくその場から動くことができなかった。

コレ、瑛真の趣味なのかな……。

形容しがたいショックを引きずりながら、シャワーを浴びてしっかりと肩まで湯船に浸かった。洗面所に勝手に入ってくるなんてことはないだろうけど、念のためにルームウェアで下着を隠しておいた。

そもそも瑛真が選んだものだから、隠す意味なんてないのかもしれないけど。

ルームウェアもワンピースやセットアップなど可愛らしいデザインのものばかり用意されていて、今日のところはシルク素材のピンクベージュの長袖長ズボンのパジャマを選んだ。

心配は杞憂《きゆう》に終わり、着替えを済ませてリビングへ戻ると瑛真の姿はなかった。

さっきまで閉じられていた寝室の扉が開いている。

「瑛真？」

なるべく覗かないようにと離れたところから声をかけると、キイッとチェアが軋《きし》む音が聞こえた。

仕事をしていたのかもしれない。

「早かったな。ちゃんと温まったのか？」

瑛真は部屋から出てくるなり私の頬に手を添える。いきなり触れられて不自然に目が泳いだ。

「あっ、暑いくらいだよ」

「そうみたいだな。顔が真っ赤だ」

クスリと笑いながら言われて、さらに熱が上がった。

わざとなの？　それとも素なの？

「俺も入ってくるよ。悪いが脱がせてもらえないか」

「あ、はい……」

さっきの包帯を巻く練習の時よりも何倍も緊張する。

そのせいで、シャツのボタンを外す指先の震えがどうしても止まらない。

「美和は可愛いな」

瑛真はふっと笑う。

そんなこと言わないで！　余計に震えがひどくなるじゃない！

やっとのことでボタンを全て外し、シャツを脱がせる。包帯をほどいて、インナーも脱いでしまうと、引きしまった身体が露わになって目のやり場に困ってしまった。

細身なのに筋肉質だ。ジムとか通っているのかな……。

「ベルトも外してくれないか」

「え⁉」

瑛真は唇に微かな笑いを浮かべる。

この人、少しも恥ずかしがっていない。それどころか、私の反応を楽しんでいるように見える。

「ひとりでできない？」

「このベルト、新調したばかりで革がまだ硬いから力がいるんだ」

「……分かった」

ベルトへと手を伸ばす。バックルには私でも知っているブランドのロゴが刻印されていた。

介助って、こういうことなのだと改めて思い知らされた。

今までは同性やおじいちゃん相手だったからなんとも思わなかった。だからこういう事態に陥るということが、契約時に頭からすっかり抜け落ちていたんだ。

金属が擦れ合う、カチャカチャという音がどうしたっていやらしく聞こえる。

ベルトをズボンから引き抜くと、すぐに距離を取った。

瑛真はおかしさをこらえるようにクッと喉を鳴らす。

「ありがとう。あとは自分でやるよ」

私は返事もせずにキッチンへと逃げ込んだ。

もうっ！　無理！　恥ずかしい！

両手で顔を扇いで火照《ほて》りを冷まそうとしたけど、ちっとも治まらない。

グラスをひとつ手にして、いつでも自由に飲んでいいと言われたウォーターサーバーから水を注いで一気飲みする。

そうしているうちに瑛真はリビングから出ていった。

ひとりになり、へなへなと床に崩れ落ちる。

またこの後着替えを手伝って、包帯も巻かなければいけないなんて……。

これから瑛真と四六時中一緒にいて、服を脱がせて裸を見たり、普段じゃありえないくらい接近しなければいけないのかと思うと、気が休まらない。

「こんなのが二カ月？」

いや、動けるようになれば身体的介助はなくなるので実質一カ月。

たった一カ月のことなのに気が遠くなりそうだ。

事の重大さに気づいてしまい、後悔の波がどんどん押し寄せる。

ソファであれこれと考えごとをしていたら、お風呂を終えた瑛真が戻ってきた。

私には可愛らしいパジャマを用意してくれたのに、瑛真は白のTシャツに黒の短パンというかなりラフな恰好だった。

左肩のあたりを意識して見ると、少し下がっているのが分かる。

固定がなくなるとやっぱり下がるのね。

「すぐ巻く？」

「汗が引くまで少し待ってくれ」

瑛真は首に巻いたタオルを右手で掴み、がしがしっと頭を拭きながら私の隣に座った。その距離は、広々としたソファなのに膝が触れ合いそうなほど近い。

「美和は湯冷めしていないか？」

下ろしている私の髪を、一束を掴んではらりと落としながら聞いてくる。

私はうわの空で「うん」と頷く。

瑛真からいい匂いが漂ってくる。微かに伝わる高い体温にもドキドキしてしまう。

「髪を下ろすと雰囲気が変わるな」

大きな手のひらが、頭の上を行ったり来たりしながら優しく撫でる。

「そう？」

おじいちゃん以外にこんなことされた経験がない。気恥ずかしさをごまかそうと、なんでもいいから言葉を口にする。

「瑛真、髪を乾かさないと」

「片手だとやりにくいんだ」

瑛真は困ったように眉を下げた。

「そういうことは遠慮せずに言って？　それが私の仕事でしょう？」

足早にドライヤーを取ってきて、瑛真の背後に回り込む。

髪を乾かされている間、瑛真は目をつぶってずっと大人しくしていた。

いつもとは違う従順な態度が、なんだか可愛らしくて胸がくすぐられる。

「できたよ」

「ありがとう」

お礼を言われて自然と頬が緩んだ。

やっぱり人の役に立てることは嬉しい。

「あっ、ごめん。まだなにも飲んでなかったよね？　お水でいい？」

「ああ」

私が水を注いでいる間、瑛真はワインセラーを開いて中を見ている。そろりと近寄って、「すごい本数ね」と背後から声をかけた。

瑛真は振り返って私の手から水が入ったグラスを受け取り、すぐさま口をつける。

水が通るたびに上下する艶《なま》めかしい喉仏に、縫いつけられたように目が離せなくなる。

女の私より遥かに色っぽい。

「アルコールの中でワインが一番好きなんだ」

空になったグラスを受け取りながら「私も」と相槌《あいづち》を打つ。

「美和は赤と白どっちがいい？」

「今日は赤の気分かな」

「奇遇だな。俺もそう思っていた」

本当に？　私に合わせてくれただけじゃないの？

この人は相手を喜ばせるのが上手い。だから単純な私はすでに心を許し始めている。

「悪いがワイングラスを取ってもらえるか？　こっちの棚にあるから」

お酒を飲む準備を始めた瑛真の背中を呼び止める。

「先に巻かせてもらえない？　酔っぱらったら上手くできる自信がないから」

「そうか。じゃあ頼む」

「包帯はこのシャツの上から巻けばいいの？」

「ああ。できればきつくしてくれ」

場所をソファへ移して、言われた通り、身体と包帯の間に余裕がないように包帯を巻いていく。

薄い生地のシャツが汗で湿っている。お風呂上がりでまだ体温も高い。

バクバクと鳴る自分の胸の音を聞きながら、ケホッと咳払いをしてから口を開く。

「ごめんね。暑いよね。もう少し後にすればよかったね」

「別に構わない。美和がやりやすいようにやってくれればいいよ」

こういうところが本当に優しいなと思う。

巻き終えて、「どうかな？」と瑛真の様子を窺った。

「ちょうどいい」

かなり強めに巻いたので圧迫感があるはずだ。いくら固定力がある方が早く治るといっても、このストレスに耐えられるのはすごいことだと思う。

「上からなにか羽織る？」

「寝室の椅子にパーカーがかかっているから、持ってきてもらえるか？」

「うん」

言われた通りパーカーを持ってきて、ソファに座っていた瑛真に羽織らせる。

やっと準備が整った瑛真は、先ほど選んでいたワインをグラスに注ぎ始めた。

今さらだけど、介助者である私がワインなんか飲んでもいいのかな？ もし瑛真の身になにかあったら、私が介助しなければいけないのに。

迷いながらも乾杯をして、流れに任せてワインを一口飲んだ。

たしなむ程度なら大丈夫かな。瑛真がせっかく出してくれたワインだし。

「美味しくないか？」

真剣な表情を向けられて、「へ？」と間抜けな声がついて出た。

「……ごめん。ちょっと考えごとしてた。美味しいね」

スーパーで売られている、ボトル千円以下の味ではない。

いくらするのかな……。怖くて聞けないけど。

「それならよかった」

「ねえ、そんなに私に気を使わなくていいんだよ？ 恋人でもないんだし」

「別に気を使っているわけではない。美和が喜ぶ顔が見たいだけだ」

「……そう」

また返り討ちにあってしまった。

上がった心拍数を自覚して、ひとり勝手に気まずくなってワインを喉へとどんどん流し込む。

「夜景、見られなかったな」

瑛真は窓の外を眺めながら呟く。

「そうだね」

雷はいつの間にかやんでいる。

湿度が高く透明度が落ちた空気の中では、遠くまで見渡すことができない。

でも、また明日がある。

……やっと一日が終わるんだ。今日は本当に疲れた。やけに瞼が重い。

「眠たいか?」

「うん、ちょっと」

素直に頷くと、瑛真はすっと目尻を下げる。

「明日はゆっくりするといい」

「瑛真は何時に起きるの?」

起きたら包帯を巻き直さないといけない。

「さあ、いつかな」

ゆったりとした雰囲気を纏った姿からは、日中のような威圧感がまったく感じられない。

目覚まし時計をセットせずに寝るってことかな？　だとしても私は常識の範囲内の時間に起きよう。

「そういえば瑛真って朝は食べる派？　食べない派？」

「食べるけど、軽いものばかりだな」

「じゃあ、パンとかの方がいいのかな？」

「用意してくれるのか？」

「冷蔵庫のものを、勝手に使っていいなら」

さっき冷蔵庫やパントリーの中を見せてもらったら、食材はあり余るほど入っていた。これも私が来ることを見越して用意したものなのかもしれない。

「ここは美和の家だ。好きにしていい」

「分かった。じゃあ適当に作るね」

そう言うと、瑛真は嬉しそうに目尻を下げた。

まだゆっくりするという瑛真を残して、私は先に休ませてもらうことにした。

私が暮らしている１ＬＤＫのアパートが、すっぽりとおさまってしまうほどの広さの寝室。いつもと違う環境に寝られるか心配だったけれど、ベッドに横たわったらすぐにまどろみがやってきた。

カーテンの隙間からうっすら光が差し込む頃、不意に目が覚めた。

長い時間深い眠りに落ちていた感覚があり、目覚めたばかりなのに頭が妙にスッキリしている。

高級寝具の力ってすごい……。

ベッドサイドに置いておいた携帯電話を取ろうと腕を伸ばす。すると、なにか硬いものに指先が触れた。

……ん？

不思議に思って、のそのそと上半身を起こしてスタンドライトをつけた。

視界に入ったものに唖然とする。

「……なにして……」

こんなにも広いのに、瑛真はわざわざ私に寄り添うようにして寝ている。

一体いつ潜り込んできたの？　まったく気づかなかった。というか、寝入ってから一度も目を覚ましていない。

時刻は朝の六時を過ぎたばかりだった。

よく見ると、瑛真は背中に大きなクッションを添えて、右半身を下にして寝ている。

左肩に負担がかからないようにしているんだ。

寝返りの妨げになるだろうし、こんな状態できちんと睡眠が取れるのかな？

心配になったけど、瑛真は小さな寝息を立てたままびくともしない。

許可なく一緒のベッドで寝ていることに怒りたくなったけれど、せっかく気持ちよさそうに寝ている人間を起こす気にはなれなかった。

……睫毛長いなぁ。

しばらく無防備な瑛真を眺めていたけれど、いつまでもこうしてはいられないとベッドから這い出ることにする。

ベッドの幅が広いから床までが遠い。膝立ちで一歩二歩進むとベッドが軋む。

その時、腕を強く引っ張られて視界が大きく揺れた。

えっ⁉

ベッドにドスンッと尻もちをついたところで後ろから抱きすくめられ、背中に当たった瑛真の胸に全体重を預ける形のまま、身動きが取れなくなってしまった。

瑛真の吐息が耳にかかり、うなじのあたりがぞわっとする。

「お、おはよう。起こしてごめんね？」

勝手に潜り込んできたそっちが悪いんだけどね。

しばらく待っても返事がない。

「瑛真？」

さすがにこの状況はいろいろとダメだと思う。

少し強引に身をよじって身体を反転させた。すると視界いっぱいに瑛真の顔が広がり、息を呑む暇もなく、すぐさまおでこに落ちてきた唇が可愛らしい音を立てた。

「おはよう」

寝起き特有のとろりとした目が微笑んだ。

本当に……惑わされそうになる。

すうっと息を吸い込んで、高鳴る心臓をどうにか鎮めた。

「ねえ、どうしてここで寝ているの？」

「ここが寝室だからに決まっているだろう」

起きたばかりだというのに瑛真はもういつも通り、はっきりとしながらも落ち着いた声音で返してくる。

「そうだけど、瑛真の寝室はあっちの部屋でしょ？」

「あのベッドはダブルだから、ふたりで寝るには狭い」

「……どうしてふたりで寝る前提なの？」

「美和は結婚しても一緒に寝ない派なのか？」

噛み合わない会話ながらも、彼の言いたいことを理解して吐息をつく。

「私たちまだ付き合ってもいないし、一緒に寝るのはおかしいよね？　物事にはきちんとした順序っていうものがあるでしょ？」

「女という生き物は、どうしてそういう細かいところにこだわるのだろうな」

カチンときた。

すっと上半身を起こし、瑛真を見下ろして言い放つ。

「誠実な人が好きだからじゃない？　すぐに手を出すような男性には誠実さなんて感じられないもの」

わざと棘がある言い方をした。

瑛真はなにかに気づいたようにハッとして、それからすぐに困ったように目尻を下げた。

「その通りだな」

「分かってくれれば、いいんだけど」

言い合うつもりで強く出た手前、素直に謝られてまごまごしてしまう。

瑛真が左肩をかばいながら起き上がろうとしたので、彼の背に手を添えて補助した。

「ありがとう」

「うん……」

「美和」

甘い声で呼ばれ、丁寧な仕草で手を握られたために心臓が跳ねる。

「結婚を前提に付き合ってほしい。美和のことが好きなんだ」

嬉しいと思った。

だけど、客観的に見ている意固地な自分が邪魔をする。

「許婚だからという理由で、人を好きになれるはずがないよね。どうして瑛真は私を好きだというの？」

私が初恋の相手だと言っていたけれど、ずっと好きでい続けたなんてありえない。事実、瑛真は他の女性とも付き合ったと公言している。

それに、最後に会ったのは彼が十三歳で、私が九歳の頃。普通、そんな子供を好きになる？

「瑛真なら、わざわざ私を相手にしなくても、綺麗な女性がいっぱい寄ってくるんじゃないの？」

「美和の外見は好みだよ。スタイルもいいし、綺麗な髪だし、大きい目も、柔らかそうな唇も可愛らしいと思う」

こんなにも自分の顔を褒められることなんてそうない。でも、全然心が喜んでいない。むしろ冷えていく。

「美和？」

顔を覗き込まれそうになって、とっさに掴まれていた手を振り払った。突然のことに驚いた顔をする瑛真を、「馬鹿にしないで」と睨みつける。

「私は自分というものをしっかりと持っているつもりよ」

「そんなこと分かってる。急にどうしたんだ？　なにを怒ってる？」

「怒りたくもなるわよ！　外見だけ好きになられても嬉しくないわ！」

「意外とヒステリックなんだな」

温度差のある態度を見せられて余計に苛立った。私ばかり振り回されている。

「言っておくが、見た目だけが好きと言っているわけじゃない。俺は堂園美和という人間に惚れ込んでいるんだ」

「とってつけたように言われても」

感情のコントロールができない。今はもうこれ以上話をしたくない。

部屋から出ていこうと瑛真に背を向けたところで、「少し落ち着いてくれ」と、後ろから抱き寄せられた。

苛立っている私とは対照的に、腰に回った手からは優しさが感じられる。

「離して」

「離したら逃げるだろ」

「当たり前でしょ」

「だったら離さない」

私の肩に顔を埋めて、息がかかる距離で言葉を続ける。

「美和は優しいし思いやりがある。昔から、俺が体調を崩したら、誰よりも早くその異変に気づいた」

確かにそうだった。子供の頃、瑛真は体調がすぐれないことをよく隠していた。誰にも気を使わせたくなかったんだと思う。そんな強がりの瑛真が私は心配で仕方なく、会うたびに彼の様子に変わったところはないか気にかけていた。

「熱を出して、一週間近く寝込んだ時のことを覚えているか？」

私は首を横に振る。

「風邪が移るから美和とは会えなかったけど、美和は俺の部屋の前まで来て、手紙と花を置いていってくれたんだ。そういうところが、本当に可愛らしくて好きだった」

そんなことあったかな？　まったく覚えていない。

「美和と毎日暮らせたら幸せだろうなって、あの頃から考えていた」

愛おしむような優しい目をして瑛真が顔を近付けてきた。

見れば見るほど、瞳の美しさに惹きつけられてしまう。濁りのない白目が、黒目を余計に引き立てているのだ。

またキスされる——と思った時、

「逃げないんだな」

微かな笑みを浮かべながら言われてハッとする。

「それは……」

嫌じゃなかったから。

頭に浮かんだ言葉に愕然とする。

私ってこんなに軽い女だったの？　嘘でしょ……？

異常に瞬きの回数が増えた私をどう思ったのか、瑛真は妖艶《ようえん》な表情で見つめたまま、私の唇を親指の腹で撫でた。

こうやって時折見せる野獣の顔が、たまらなく私の女の部分を掻き立てる。

怖い。瑛真といると、自分の知らない自分が顔を出す。

「大丈夫。ゆっくり好きになってくれればいい」

なにもかも見透かしたように言われて、どうしようもなく恥ずかしくなる。

「だから付き合おう」

瑛真は私なんかよりずっと大人だ。どうしたら私が素直になれるかを知っていて、上手に気持ちを引き出そうとしてくれる。

必死に理性を働かせて、「無理だよ」と首を横に振った。

いくら好きだった人でも長い間離れていたんだ。もう昔のような瑛真じゃないかもしれない。

そして、私ももちろん変わっている。大人になった互いのことをもっと知る必要があるはずだ。

今の私たちは、淡い思い出を懐かしんでいるだけにすぎないんじゃないのかな。

「そんなこと言っていられるのも今のうちだ。必ず俺に惚れさせるから、覚悟しておいて」

胸がきゅうっと締めつけられる。

昔の瑛真はこんなに強い部分を持っていたっけ？

瑛真は、冷えてしまった私の肩に薄手のブランケットをかけてくれた後、一度もこちらを振り返ることもなく部屋を出ていってしまった。

肌触りのいい生地にくるまりながら、心臓がいつものリズムに戻るのを待つ。

「寒い……」

触れてもらえなければ感じることのできない瑛真の体温が、名残惜しかった。

土曜日は近くにあるスーパーやコンビニ、商業施設などを案内してもらいながら街中をぶらりとし、夜はイタリアンに連れていってもらった。

日曜日は瑛真に急遽《きゅうきょ》仕事が入ってしまって、ひとり家に残された私は家事以外に特にやることもなかったので、のんびりと過ごさせてもらった。

そして月曜日の今日は、いよいよ瑛真の会社に初めて同行する。

服装は瑛真に見立ててもらい、白いシャツに黒のスラックスというシンプルな出で立ちだ。瑛真は今日も仕立てのいいスーツを素敵に着こなしている。

柏原さんの運転する車に乗って、瑛真と揃って瀬織建設に出社した。

エントランスを抜けて一直線にエレベーターに乗り込み、二十一階建てビルの最上階にある副社長室へと到着する。

「コーヒーを淹れてきます」

柏原さんはすぐに給湯室へと向かう。

「社員の方たちに挨拶はしなくてもいいの？」

「その必要はない」

デスクに置かれていた書類に目を通しながらぞんざいに言われて、つい顔が険しくなった。

なんだか瀬織建設の人間として雇ったわけではないと、一線を引かれたように感じてしまう。まあ、実際にそうなんだけど。

柏原さんはコーヒーを運んだ後、すぐに秘書室にはけてしまった。

ここでもふたりきりになるのね……。

「美和、こっちに来て手伝ってくれ。片手だとタイピングしづらい」

言われて、パソコン画面と向き合っている瑛真の横に立つ。

「そんなところで立ったままだと、文字が打ち込めないだろう」

なにを思ったのか、私の腰に手を回して強引に右膝の上に座らせた。

「ちょ、ちょっと⁉」

「座らないと作業ができない」

「だったら椅子を持ってくるよ！」

「この部屋に簡易的な椅子など置いていない」

「だからって、これじゃ余計に仕事にならないでしょ⁉」

耳たぶに、おかしそうにクスクスと笑う吐息がかかった。

「いいから言われた通りにして」

瑛真はすっと表情を引きしめ、手にしていた書類に視線を戻す。

どうやら本気でこの体勢のまま仕事をしようとしているらしい。

いやいや、おかしいでしょ⁉

「ねえ、この体勢地味に腰が痛くなるんだけど」

「もう少し深く腰かけたらどうだ？　ここにこの文を打ち込んでくれ」

言われた通りタイピングをする。だけどやっぱりこの体勢は無理がある。

「もう、ふざけないでよ。それにこれ以上深く腰かけたらキーボードに手が届かないでしょ？」

「それならもう少しこっちへ移動したらどうだ？」

右膝にだけ乗っていたお尻を両膝へと持っていかれる。

「ちょっ……⁉」

こんなところ誰かに見られでもしたら、と思った矢先、扉をノックする音が響いた。

「どうぞ」

こんな体勢でいるにもかかわらず、すぐさま入室を許可した瑛真を信じられない目で見る。

ちょっと待ってよ……！

「失礼します」

入ってきたのは、瑛真に引けを取らない容姿を持ち合わせた男性だった。

私たちの姿を目に留めた瞬間、彼は「おっと」と、扉の前で一歩引く。

ハッと我に返って、飛び退くように瑛真から離れた私を見て、男性は困惑の色を深くして、「邪魔した？」と瑛真に目配せをする。「問題ない」と答えた瑛真に、「相変わらずだなぁ」と苦笑いをこぼした。

緊張で身体を強張らせたまま、ふたりのやり取りを見守る。

相変わらずってなに？　こういう非常識なことを日常的にしているってこと？

「瀬織創一郎《そういちろう》です」

彼はスマートな所作で名刺を取り出して私に差し出した。そこに書かれた、専務という文字に目が釘付けになる。

「堂園美和です。すみません、私名刺を持っていなくて」

「構わないよ」

「あの、瀬織ということは……」

「瑛真の従兄弟《いとこ》だよ。瑛真の父親と俺の父親が兄弟なんだ」

おじさまの弟さんか。

うちのお父さんとおじさまは同級生ということもあって仲がいいけれど、弟さんの話題はほとんど聞いたことがない。

改めて創一郎さんの顔を眺める。顔の骨格や筋が通って高い鼻のあたりなど、どことなく瑛真と似ている。でも彼の方が甘ったるい雰囲気があった。

「美和さんのことは聞いているよ。瑛真の許婚でしょ？」

「いや、その……」

「そうだ」

言い淀んでいると瑛真が勝手に答えてしまった。

「美和さん知ってる？　俺にも美和さんと結婚できる資格があるんだよ」

「またその話か」

え？　またって？

「ふたりが許婚になったのは、俺がまだ四歳の頃だからね。六歳だった瑛真が、先に自分の許婚にするって言い張ったから流れでそうなっただけだろ？　俺にも主張する権利はあると思うんだけどなぁ」

にこやかに話す従兄弟を、瑛真は冷ややかな目で見ている。

従兄弟同士だけど、だいぶタイプが違うなと思った。

六歳ってことは小学校一年生くらい？　そんな小さい頃の口約束に有効性はあるの？　それにこの人、さっきから聞き捨てならないことを言っている。

私と結婚したいって思っているの？　会ったこともなかったのに？　本気で言っているのなら、瑛真以上におかしな人だ。

「もう決まったことだ。今さらなにを言っている」

「美和さんは納得しているの？」

正直この件に関しては、きちんと考えなければいけないと思いながらも後回しにしている節がある。それは瑛真に対する自分の気持ちがまだよく分からないからだ。

「返事がないってことは、納得していないってことだよね」

「創一郎。おまえなにしに来たんだ？　仕事の話じゃないならさっさと出ていけ」

「おー、こわっ」

わざとらしく肩をすくめる。

なんだろう。胸がざわつく。

人当たりはよさそうなんだけど、私はこの人ちょっと苦手かも。

「じゃあ仕事の話をするよ。例の改修工事についてなんだけど、どうやら予算が大幅に削減されることになりそうなんだ」

仕事の顔になった創一郎さんは、私には分からない話を始めた。

彼らの会話に耳を傾けながら、先ほど瑛真が見ていた資料に目を通すと、何枚かの図面がある。福祉住環境コーディネーターのテキストで、建築について多少は学んだのでそれとなく理解できると思っていたけれど、思っていた以上にわけが分からない。

大きな溜め息が聞こえて顔を上げると、ふたりは小難しい顔をしていた。

トラブルでもあったのかな。

「それじゃあまたね、美和さん」

「……はい」

話し合いを終えた専務が出ていくのを見届けてから、眉間に皺を寄せた瑛真が言った。

「あいつには気をつけろ」

「気をつけるって？」

「美和は知らなくていいことだ」

そんな言い方しなくてもいいじゃない。教えてくれないとなにに気をつければいい

れてしまった。


のか分からないのに。

それだけ言って仕事を再開してしまったので、専務の話についてはそこで打ち切られてしまった。


午後からは現場に赴くということで、昼食は道すがらとることになった。

柏原さんも交えながらの食事は、やはり喉を通っていかない。ふたりともビシッとスーツを着こなして、仕事ができるエリートのオーラがあるから気後れしてしまう。

「そういえばさっき思い出したんだけど、おじさまの弟さんってお医者様じゃなかった？　開業医って聞いた気がするんだけど」

「ああ、そうだ」

「創一郎さんは後を継がなくて大丈夫なの？」

無表情だった瑛真の眉がピクリと動いた。

「やけに親しい呼び方をするんだな」

しまった。ここはやっぱり名前じゃなくて専務と呼ぶべきだったのか。

「創一郎の弟が継ぐから問題ない」

「見事に男系なのね」

「妹もいるぞ」

「ふうん……いいなぁ。私も妹が欲しかったな」

もし私に妹がいれば、瑛真の許婚はどっちになったんだろう。選べる立場にあっても、瑛真は私と婚約したいと言ってくれただろうか。

考える必要のないことが頭に浮かんで、頭をポリポリとかいた。

そんなことより、うちの跡取り問題は本当にどうするんだろう？

おじいちゃんの弟夫婦に男の子がいるのは知っている。けれど、親戚付き合いが無に等しい私には、跡取りが誰になりそうかだなんて想像がつかない。

「俺も兄弟には憧れた。だから子供はふたり以上欲しいと思っている」

「意外。瑛真って子供好きなんだね」

「好きだよ」

瑛真は優しい微笑を浮かべる。

自分のことを言われたわけではないのに、変に意識して鼓動が速くなった。

「美和は男と女どっちが欲しいとか希望はあるのか？」

「できれば女の子が欲しいと思っているけど……」

「そうか。一応跡取りがいた方が周りからとやかく言われないから、男と女、それぞれ生まれるまで頑張ろうか」

箸を落としそうになった。斜め向かいに座って俯《うつむ》いている柏原さんの肩が震えているのは、気のせいではないと思う。

「楽しみだな」

満面の笑みが眩しくて目がくらんでしまいそうだった。

到着した場所はマンションの建設現場で、車が停止してすぐ瑛真が荷物を手に取る。

「美和は車で待機していてくれ」

「え、でも」

「現場はそれなりに危険なんだ。美和を連れていくわけにはいかない」

「……分かった」

「すぐ戻る。なにかあったら電話してくれ」

車から遠ざかっていくふたりの後ろ姿を見つめながら、深い溜め息をついた。

想像していたのと全然違う。もっと瑛真の役に立てると思っていたのに、これではお荷物でしかない。

ぼんやりと窓外を眺めていると、幹線道路を挟んだ歩道でおばあさんがうずくまっているのが見えた。

大丈夫なのかな?

急ぎ足のサラリーマン、自転車に乗った若者、何人かおばあさんの横を通り過ぎていったが、うずくまる姿に足を止める者はいない。

……すぐ戻ってくれば問題はないわよね。

後部座席から運転席に回ってエンジンを切る。瑛真たちが戻ってきていないのを一度確認してから、おばあさんのもとへと駆け寄った。

「どうかされましたか?」

顔を上げたおばあさんは、私を目に留めて弱々しく笑った。

白髪を綺麗にまとめ上げ、絹のような素材の洋服を纏っている姿から上品な雰囲気が漂っている。顔つきも柔らかく、おばあさんが長い人生の中でどのようにして人格を磨き上げてきたのかが垣間見えた気がした。きっと、心にゆとりを持って、周りの人も大切にしてきたに違いない。

そう思ったのは、私のおばあちゃんと雰囲気が似ていたからだ。

「足が前に出なくなってしまって」

おばあさんは買い物に出かけていたのか、手首に小さなビニール袋をかけていた。

杖を持つ手は小刻みに震えている。

「おうちは近いんですか？」

「すぐそこなんですけど……」

「お送りしますよ」

私の言葉におばあさんは安堵した表情になる。

杖を持っていない反対の手を取って、おばあさんが転ばないようにゆっくり歩みを進めた。

不安そうにしていたおばあさんも、お互いの手のひらの体温が溶け合うと、徐々に口数が増えていく。

「あそこで工事が行われているでしょう？」

おばあさんが見つめている先にあるのは瀬織建設の現場だった。

「そのせいで回り道をしなくちゃならなくなってねぇ。足が悪いから、いつも途中でもたなくなってしまうんですよ」

「そうですか……。あのマンションは、身体が不自由な方が住みやすいようにバリアフリーになっているそうですよ」

少し暗くなった場の雰囲気を変えようと言葉をかける。

するとﾠおばあさんは穏やかに微笑んだ。

「それはいいわね。この辺りは年寄りが多く住んでいますから」

「大きな総合病院も近くにありますもんね」

「あそこはいいですよ。病院なんて行かないに越したことはないですけどね」

ふふっ、とおばあさんは笑う。

「でもねぇ、私のような年金暮らしのばあさんが住めるようなところじゃないのよ」

おばあさんは遠い目をして、マンションをもう一度見る。

私は曖昧に微笑んだ。

おばあさんが暮らしているという築年数がだいぶ経っている団地に着き、何度もお礼を言われてから別れた。

携帯電話に連絡はきていない。それでも勝手な行動を咎《とが》められるのが怖くて車まで全力疾走した。

よかった、まだ戻ってきてない。

車の横に立って乱れた呼吸を整えていると、すぐにふたりが戻ってきた。

「どうかしたのか？」

柏原さんよりも先に小走りで来た瑛真に、「なんでもない」と首を振る。

「本当に?」

怖いくらいの目で顔を覗き込まれて、過保護な瑛真に苦笑いがこぼれた。

車に乗り込み、もう一件現場に立ち寄ってから直帰すると聞かされた。

今の現場で私の出番はまったくなかった。彼らが仕事をしている間ただ待機しているだけなのに、それでお給料をもらっているということが情けないと思ってしまう。

隣から強い視線を感じて、なんだろうと横を向くと真剣な眼差しとぶつかった。

浮かない表情をしている私を、きっとまた心配しているのだろう。

こんな些細《ささい》な変化に気づいてくれるなんて、ほんとに、なんていうか……そこまで想われたら心が揺らいでしまう。

大きく息を吸ってから、「ねえ」と隣を振り向く。

「なんだ?」

「次のお休みに行きたいところがあるんだけど……」

「どこだ?」

「私のおばあちゃんが、施設に入所しているのは知ってる?」

「ああ」

「そこに行きたいの」

さっきのお年寄りとおばあちゃんが重なって見えたことで、無性におばあちゃんに会いたくなった。

瑛真は少し考える素ぶりを見せてから、「俺も一緒に行ってもいいか？」と、遠慮がちに聞いてきた。

「いいけど……」

もしかして、おばあちゃんにも結婚の挨拶をしようとか考えてないよね？

いろいろと思うところはあるけど、単純に、一緒に行きたいと言ってくれたのは嬉しかった。


会社とマンションのある都心から、三十分ほど車を走らせた場所におばあちゃんが入居している老人ホームがある。この辺りは都心から少し離れるが、とても静かで落ち着いた住宅街だ。

朝から風がほとんどなく、からりと晴れた空のおかげか、訪問に来ている人も多かった。

話し声が響き渡る、賑やかな館内を微笑ましく思いながら進み、おばあちゃんの部屋の前で足を止め、全開になっている扉から顔をひょこっと覗かせる。

「おばあちゃん？」

日向ぼっこをしていたのか、窓から差し込む陽射しに照らされたおばあちゃんが、陽だまりのような笑顔で迎え入れてくれた。

「いらっしゃい」

「今日は珍しい人が来ているんだよ。びっくりして心臓止めちゃわないでね？」

「ええ？」

瞬きを繰り返しているおばあちゃんの前に瑛真が姿を現すと、「まあ‼」と声を上げ、目を丸くした。

予想以上に驚いてくれたので、私たちは顔を見合わせてにんまりと笑った。

個室には椅子が二脚しかないので、場所を談話室に移すことにした。ここでも掃き出し窓からは暖かな陽射しが入り込んでいて、日当たりがいい施設だなぁと、穏やかな気持ちになる。

「最後に会ったのはいつだったかねぇ」

おばあちゃんは目を細めて、眩しそうに瑛真を見つめた。

「おじいさんの葬儀の時以来なので、三年前ですかね」

「そうかそうか、そうだったねぇ」

「え⁉　瑛真って、お葬式に来てたの⁉」

驚く私に、瑛真はしまった、というふうに不自然に目を逸らす。

この様子だと、わざと私に知られないようにしていたに違いない。

わけが分からない。どうして誰も教えてくれなかったの？

「せんべい食べるかい？」

「あっ、うん」

どういうつもりなのか、おばあちゃんが妙な気を回してくる。

おばあちゃんもなにかしら事情を知っているのかな……。

「こうしてふたりが一緒にいるところをまた見られるなんて、嬉しいねぇ」

本当に嬉しそうな顔をしている。

「優作《ゆうさく》さんも喜んでいるよ」

おばあちゃんはおじいちゃんのことを名前で呼ぶ。私はそれが好きで、自分もいつか結婚したら、歳を取っても相手のことは名前で呼びたいと憧れを持つようになった。

「もちろん式は挙げるんでしょう？　おばあちゃんは行けないかもしれないけどねぇ」

式？　挙げる？　どうやらとんでもない勘違いをされているみたいだ。

「どうして行けないと？」

瑛真が怪訝な顔で尋ねる。

「最近体調がよくなくてね。ほら、自分のことは自分が一番分かるものでしょ？」

胸にズキッと痛みが走った。

「やだ、おばあちゃん。大丈夫だよ」

冗談でもそんなこと言わないでほしい。

「そうだよねぇ、ごめんね。おばあちゃん、美和のドレス姿を見るまでは頑張るよ」

弱りきった表情が昨日出会ったおばあさんと重なる。

おばあちゃんのことをしっかり見ていたつもりだったのに、いつからこんなに寂しい顔を見せるようになったのか覚えていない。

「そうですよ。おじいさんの分まで祝ってあげてください」

「そうだねぇ」

瑛真の言葉に、おばあちゃんは輝きを取り戻して微笑んだ。

この笑顔を壊したくないと思う。

「おばあちゃん。楽しみにしていてね」

だから、こんなことよくないって分かっているけど、本当のことが言えなかった。

胸の内に留めておけなくて吐露《とろ》した。

「嘘ついちゃった」

施設の駐車場に停めていた車に乗り込むや否や、胸の内に留めておけなくて吐露《とろ》した。


太陽に照らされ続けた車内は熱気がこもっていて、アイドリングをしながら窓の外へ熱を逃がしている。

「吸ってもいいか？」

瑛真はダッシュボードの上のボックスから革のシガレットケースを取り出した。

「え⁉　吸う人だったの⁉」

これまで一緒に暮らしてきて、吸う姿はもちろん、ライターや灰皿なども見たことがなかった。

「一応な」

「私はいいんだけど、ここはどうなのかな？　一応施設の敷地内だし……」

「そうか」

特に未練がなさそうにシガレットケースをもとあった場所へ戻そうとするのを見て、なんだか申し訳ない気分にさせられる。きっと煙草を吸いたくなるくらい疲れたってことだろうから。

入る。

「近くの喫茶店に入ろうか?」

「ありがとう。そうさせてもらう」

施設から煙草が吸えそうな最寄りの喫茶店に移動して、車を駐車場に止めて店内へ入る。

そういえば愛煙家だったおじいちゃんが亡くなってからは、ほとんど煙草の匂いを嗅ぐことはなくなったなぁ。

珈琲と煙草の匂いが入り混じる独特の空気に懐かしさを覚える。

店内は男性客がほとんどだ。最近では飲食店でも全面禁煙が進んでいるので、こういった場所に喫煙者が集まってくるのだろう。

四人掛けの席に案内され、揃ってブレンドコーヒーを注文した。

店員が席を離れるとすぐに瑛真は煙草を口にくわえて、シルバーのジッポーで火をつける。見慣れない姿にドキドキしてしまう。

「おばあさん、どうなんだ?」

紫煙をくゆらせながら、瑛真はいつもより低い声で聞いてきた。

「知っているかもしれないけど、おばあちゃんはパーキンソン病っていう病気なの。思ったタイミングで歩き出せなかったり、小刻みな歩行になってしまうからひとりで歩くのは危険を伴う。でも、さっき個室から談話室に移動した時はすんなり歩いていたから、今日は調子がよかったんだと思う」

介護施設での仕事は夜勤もあって不規則な生活を送っていたし、私が家を空ける時間も多かった。両親は相変わらず仕事が忙しく、常に誰かがおばあちゃんのそばにいてあげることは難しい。本当はおじいちゃんとの思い出の詰まった家で暮らしたいはずなのに、おばあちゃんは自ら施設に行くと言い出したのだ。

「私はおばあちゃんと、あの家に戻りたいと思ってるの」

おばあちゃんを施設から呼び戻して、再び一緒に生活ができるようにするために、私は転職を考えた。

「いいんじゃないか」

まさかそんな返事がもらえるとは思っていなかったので、「えっ」と驚きの声が出る。

だって、瑛真は私との結婚を望んでいるはずなのに。

「あのマンションが嫌なら、引っ越せばいいと言っただろう?」

「そんなことも言われたような……」

「あの屋敷なら子供が増えても問題なく暮らせるだろうし」

「本気で言ってる？」

瑛真は穏やかに微笑んで、煙をゆっくりと吐き出した。

私たちの席に飲み物が運ばれてきても喫煙を続ける瑛真を見ていたら、鎮まったはずの鼓動が再び音を立て始めた。

これぐらいの年齢になると煙草がやけに似合ってくる。煙草を持つ手指のすらりとした長さが綺麗で、見惚れているのを自覚しながらも目が離せなかった。

瑛真の所作には美しさがあり目を引く。

僅かな沈黙が私たちの間に走った。

「幸せな嘘もあるんじゃないか？」

煙草を吸う合間にぽつりと落とされた言葉に、胸が苦しくなって、奥の方から熱いものが込み上げてきた。

私はこの言葉が欲しかったんだと思う。

「ありがとう」

鼻の奥がツンとして痛い。

かろうじて泣かずにいられたのは、ここがお店だから。

すうーっと鼻から空気を取り込んで胸を膨らますと、嗅ぎ慣れない煙草の香りが心を落ち着かせてくれた。

「あんまり煙を吸うなよ」

慌てて灰皿に煙草を押しつける姿に笑みがこぼれる。

昔と変わらない。瑛真は優しすぎるくらいに優しい人だ。

「おじいちゃんとおばあちゃんは私の理想の夫婦だったんだ。私も結婚したら、あんな夫婦になりたい」

「なれるよ」

シンプルな返事は、胸にやけに響いた。

笑顔の裏

初日の夜以来、瑛真はベッドに潜り込んでくることはなかった。

ここに越してきてから目覚めがいい日が続いている。

私のアパート、契約してから知ったんだけど音漏れがひどいのよね。

軽量鉄骨造だから、木造よりも騒音漏れはうるさいらしい。夜勤の時は私も迷惑をかけていたかもしれないけれど、それでも下の階に住む大学生の、配慮のない生活音に日々悩まされていた。

瑛真が言っていたように、お金と時間をいくらでもかけるわけにはいかない。でも、ある程度の生活の質を確保することは必要なのかもしれない。

一緒に暮らすようになって二週間。リビングと瑛真の寝室が扉一枚でしか遮られていないので、毎朝音を立てないように注意して朝食を作っている。

会社では相変わらず役立たずな私だけど、家ではそれなりに頑張っているつもり。

朝食の準備を終えて、コーヒーを入れたマグカップを片手に持って窓際に立つ。

空は見渡す限り灰色だ。今週に入ってから秋の長雨が続いている。

雨の日は傷が疼《うず》きやすい。言葉には出さないものの、瑛真の表情を見ていれば痛みが強く出ていることくらい分かる。だからこそ余計に早く雨がやんでほしいと思う。

瑛真が脱臼したのは、雨の日に滑って転んだせいなのだそうだ。それだけ聞くと間抜けだな、と思うのだけど、きちんと話を聞けばますます瑛真らしいと嘆息してしまった。

雨の日の工事現場で先に足を滑らせたのは、同行していた仕事関係の女性らしい。階段から落ちそうになった彼女をかばい、瑛真は十数段見事に転げ落ちたそうだ。

私を絶対に現場に連れていかないのはそのせいなのかな。

「おはよう」

「うわっ⁉」

物音ひとつ立てずに背後から抱きしめられて、心臓が跳び上がった。

「もう！　驚かせないでよ！」

危うくコーヒーをこぼしてしまうところだった。

「一度声をかけたんだけど」

「へ？　そうなの？」

「なにを考えていたんだ？」

確かに考えごとはしていたけど、その内容を瑛真に話すのも恥ずかしい。

「……嫌になったか？　この生活が」

言い渋っていると、突拍子もないことを言われて面食らった。

「別にそんなこと思ってないよ？」

それどころか、住み心地がよすぎて離れがたくなっていることに困っているくらいだ。

そんなこと、絶対に言わないけどね。

ゆるまった腕の中でくるりと身体を反転させた。

どこか寂しげな顔が私を見下ろしている。

普段は自信に満ち溢れているのに、ふとした時にこうやって子供のような顔を覗かせる。

「ご飯食べよう？」

なだめるように言うと、瑛真はいつもの笑顔で頷いた。

午前中の会議を終えてすぐ、瑛真と柏原さんは揃って打ち合わせに出てしまった。

ひとり副社長室で頼まれた資料の整理をしていると、扉を強くノックする音に顔を上げた。

この叩き方は柏原さんじゃない。私が対応してもいいのかな……？

どぎまぎしながら「はい？」と返事をすると、「創一郎です。入ってもよろしいですか？」と返ってきた。

専務か……。

彼には苦手意識を持っているので、反射的に身構えてしまう。

専務は人当たりのいい笑顔を振り撒きながら、副社長室へ入ってきた。

「副社長なら出ています」

「うん、知ってる。瑛真のいない隙に、美和さんの顔を見ておこうと思ってね」

「……私にご用ですか？」

「美和さんって、瑛真のことをどこまで知っているのかな？」

微笑んでいるのに瞳の奥が笑っていない。

そうか。この前感じた違和感はこれだったんだ。

「どこまでって……」

「あいつはね、美和さんが思っているようないい男じゃないよ」

「別に、特別いい男だとは思っていません」

あえて気丈に振る舞った。そうしないと彼のペースに持っていかれそうだったから。

「あはは。そうだよ。あいつは悪い男なんだから」

「……専務はどうして私にそのようなお話をなさるのですか？」

「美和さんのためだよ」

「どういう意味ですか？」

「瑛真って浮気者なんだよ。よそで愛人を作られても、美和さんは平気なの？」

心臓がドクッと不快な音を立てた。

なんて嫌なことを聞いてくるのだろう。そんなの平気なわけがないじゃない。

確かに瑛真自身も遊んできたと言っていた。だからといって、彼は私を傷つけるようなことはしないと思う。再会してからまだ短い間だけど近くで見てきたからこそ、そんなことをする人にはどうしても見えない。

それにこの専務、善意の裏に悪意があるように見えるのは気のせい？　わざわざこんなことをする真意はなんだろう。私と瑛真のどちらに敵意を持っているの？

どちらにしても、ここで動揺したらダメだ。

「親同士が勝手に決めた縁談だろう？　考え直した方がいいんじゃない？」

「お気遣いありがとうございます。ですが、心配ご無用です」

微笑を浮かべると、創一郎さんは少し驚いた様子だった。

「お話はそれだけですか？」

「もうひとつ。美和さんをデートに誘いたい」

創一郎さんは口元に薄笑いを浮かべた。

「は？」

思わず専務相手に間抜けな声が出てしまった。

「お昼まだだろう？　一緒にどう？」

瑛真たちはいつ戻ってくるか分からないし、近くのコンビニで適当にお弁当でも買おうと思っていたのだけれど。

……困ったなぁ。正直、あまり関わりたくない。

「まだ、頼まれた仕事が終わっていませんので」

なんとかやり過ごそうと、デスクの上に散乱している資料に視線を流す。

「それ、別に急ぎじゃないから。戻った後に続きをやればいいよ」

上の立場の人間にこう言われてしまったら、もう断ることなどできない。

「では……ご一緒してもよろしいですか？」

「美和さんはイタリアンが好きなんだよね？　ぜひ連れていきたい店があるんだよ」

確かに大好きだけど、それはどこから仕入れた情報なの？　既視感を覚えて、これまでの苦手意識が少し和らいだ。

瀬織の人たちってみんなこんな感じなのかしら？

「どうかした？」

つい苦笑いがこぼれてしまった私を見て、創一郎さんが首を傾げる。

「いえ、なんでもないです。イタリアン好きですよ」

私の返事に満足した創一郎さんと共に副社長室を後にして、すれ違う社内の人たちから、好奇の眼差しを受けつつ会社を出た。

連れていかれたのは、会社から歩いていける距離にある、裏路地にひっそりとたたずむ隠れ家風のお店だった。きらびやかなレストランじゃなくてほっとしたけれど、店前の看板には完全予約制と書かれている。これはこれで高そうだ。

一時的にあがった雨のおかげで足元を濡らさずに済んだ私たちは、出迎えてくれた店員さんに傘を預け、すぐに店内へと案内される。

テーブル席が四つと、カウンターが六席ほど。そのうち二席のテーブルが埋まっていて、淑《しと》やかな老夫婦と、カップルらしき男女が食事をしながら談笑していた。

私たちもテーブル席に案内される。

創一郎さんはボロネーゼ、私は魚介のパスタを注文した。

「ピザも美味しいんだけど、さすがに昼からそんなに食べられないよね」

「そうですね。お腹いっぱいになって、午後から居眠りしちゃいそうです」

落ち着いた店内の雰囲気も手伝って緊張がだんだんほぐれていく。

「今度来た時はピザを食べようか」

あえて返事はせず、曖昧に微笑んでおいた。

どうせ私の考えていることなんてお見通しなのだろう。創一郎さんは頬杖をついてじっと見てくる。

ちょっと見すぎじゃない？

品定めをされているようで嫌な感じだ。

さっきのこともあるし、自分から下手に出ない方がいいことは重々承知している。

それでも、どうしても聞かずにはいられない。

「どうして私を誘ってくださったんですか？」

相手の出方次第で、パスタを食べるスピードを速めなければならない。

「野暮なこと聞くんだね」

「すみません。気になったことは放っておけない質《たち》なんです」

「それなら、さっき俺が言ったことも瑛真に聞いたりするの？」

創一郎さんは質問に質問で返してきた。

やっぱり、そう簡単に本心は見せてくれないわよね。

「さっきの、というのは、女性関係についてですか？」

「そうだね」

「気になれば聞きます」

これは本心だ。

「ははは」

彼はこの場に似つかわしくない笑い声をあげた。

「このままじゃらちが明かないね」

創一郎さんは、炭酸水が弾けているグラスを手に取って喉に流し込み、気持ちよさそうに目を細めた。

どこまでも読めない人だわ。

しばらく互いに口を開かずにいた。沈黙の中、料理が運ばれて美味しい香りに包まれると、こんなぎすぎすした気持ちでいるのがもったいなく感じ始める。

せっかくの料理がまずくなってしまうし、ここは素直に食事を楽しもう。

「いただきます。──わっ、美味しい！」

「よかった」

創一郎さんは言葉通り本当に安堵した顔をしている。

そこには嘘がないように感じた。


当たり障りのない世間話をして、穏やかな空気が壊れぬまま食事を終える。

「もうちょっとゆっくりできたらよかったね」

「そうですね」

お店の雰囲気も料理も本当に素敵で満足のいくものだった。このお店のことを知っているか、後で瑛真に聞いてみよう。

お会計は、私の知らないところで創一郎さんが終えていた。こういうところがやはり紳士的だと思う。

店を出たところで深々と頭を下げてお礼を言った。

「ご馳走様でした」

「喜んでもらえて嬉しいよ」

こんな場所、自分ひとりでは来られなかったはず。乗り気じゃなかったけれど連れてきてもらえてよかった。

そんなことを頭の中で考えて、私ってばげんきんな女だな、と苦笑した。

……さてと。問題はここからだ。どう切り出そうかな。

裏路地から幹線道路沿いの歩道へ出て、彼の横に並んで会社までの道のりを歩く。

天候がすぐれないせいか人通りは少ない。それでも時折すれ違う女性たちの視線が、遠慮なく創一郎さんに注がれる。

瑛真もだけど、自然と視線を引きつける人の隣を歩く時は背筋が伸びる。

「さっきの話に戻るけど、俺が美和さんを食事に誘ったのも、気分が悪くなるような話をしたのも、美和さんのことが気になっているから――」

創一郎さんは唐突に切り出してきて、甘ったるい笑顔を見せた。

「て、言ったらどうする？」

不意打ちをくらって心臓がドキッと跳ねる。

「からかわないでください。おもしろい返しなんてできませんよ」

「からかってなんかいないよ」

創一郎さんは緩やかに口角を上げて、ぐいっと顔を近付けてきた。

ち、ちかっ！

数歩後ろへ逃げる。すると、背中に街路樹の枝葉が突き刺さった。

「危ないよ」

すぐに腕を引かれて、せっかく取った距離がまたなくなる。

「す、すみません」

恥ずかしい。動揺しているのがバレバレだ。

「じっとして。ゴミがついてる」

木にぶつかった時にカーディガンが引っ張られる感触があったので、たぶん小枝かなにかがついてしまったのかもしれない。

言われた通り大人しく縮こまっていると、背中を払う仕草の後に、なぜか後頭部も撫でられた。

「あの……」

「ん？」

綺麗な顔をした男性が、小首を傾げる仕草をするのは卑怯だと思う。

瑛真は無自覚でこういうことをしてしまう人だけれど、この人は計算しているように感じる。なんて小悪魔なの。

「自分でできます」

「そう？　でも——」

口を噤んだ創一郎さんを見上げる。

急にどうしたのかな？

数秒間どこかに泳がせていた視線が戻ってくると、私の瞳を射抜くように見てきた。

両腕を強く掴まれて振りほどけない。ただならぬ雰囲気を感じて怖くなる。

ゆっくりと端正な顔が近付いてきて、距離感を失って一瞬目がくらんだ。

えっ……嘘でしょ……？

頭がまっ白になった時、「美和！」と私を呼ぶ大声が辺りに響いた。

「えっ⁉」

身体ごと回転させて声の主を探す。

すると、今しがた歩いてきた方から血相を変えた瑛真が走ってきた。

な、何事⁉

「どうしたの⁉」

呆気に取られている私の前に力強い様相で立った瑛真は、それはそれは恐ろしい剣幕だった。

「え、あ、あのっ」

かなり強い力で抱きしめられ、焦った声は瑛真の胸板に吸い込まれた。

「なにをしている」

地を這うような低い声が耳に響く。

「昼食を一緒にとっていただけだよ。そんなに怒ることじゃないだろう」

反対に、創一郎さんの声は戸惑いながらも陽気なものだった。

表情が見えない分、余計にハラハラする。

「俺の許可なく勝手なことはするな」

「それは美和さんの自由だろ」

「美和は俺の婚約者だ」

「だから？　婚約者だから、俺と食事をするのはまずいって？」

「そうだ」

はあ、と大きな溜め息が聞こえた。

「悪かったよ。ひとまずここはこれで終わりにしないか？　周りの視線が痛い」

「……先に戻れ」

「はいはい、戻りますよ」

それきり、会話がやんだ。

創一郎さん、いなくなったのかな……。

「瑛真、そろそろ離してほしいんだけど」

腕の力が弱まったので、瑛真の胸を遠慮がちに手のひらで押し退けた。

さぞ怒りに満ちているだろうと踏んでいた表情は、意外にも苦々しいものだった。

どうしてそんな顔をするの？

瑛真の気持ちが見えなくて困惑してしまう。

「あいつには気をつけろと言ったはずだ」

「ごめんなさい。食事くらいならいいかと思って……」

「いいわけないだろう。こんな目にあったのに」

「こんな目って」

続く言葉は、強引なキスによって塞がれた。

冷たい唇の感触が胸の奥を強く締めつける。

いきなりどうして――。

名残惜し気に離れた唇が、「俺より先にするなんて」とこぼした。

俺より先に？

「え？　どういうこと？」

余韻に浸る暇もなく尋ねる。

「キスをしていただろう？」

「……ん？」

変な間が生まれた。

お互いに目を見開き合ったまま時間だけが過ぎていく。

もしかしてだけど、さっき創一郎さんとキスしたって思い込んでる？

「……してないよ？　されそうにはなったけど」

言葉を付け足すと、私をまっすぐに見つめていた目が落ち着きなく泳ぎ出した。

「そう、か」

これって、自分の過ちに気づいて相当焦っている感じ？

同意なしにキスをされて文句のひとつでも言いたいところなのに、瑛真のらしくない態度に調子を狂わされてしまう。

「悪かった」

「うん、まあ……」

謝られるのも複雑な心境だ。

いつもの俺様な態度でいてくれた方が、恨みつらみを並べ立てやすいのに。

瑛真はまた黙り込んでしまう。

一応反省はしているみたいだし、これ以上事を荒立てて騒がない方がいいよね。

痴話喧嘩なんて白昼堂々道端ですることではない。

雨がぽつぽつと降ってきた。傘を開いて瑛真へ傾けると、柄を持って私を抱き寄せた。

そういえば瑛真はどこから来たのだろう？

普段から車移動しかしないのだから、彼が傘を持っていないのは当たり前だ。

「柏原さんは？」

「車で待たせてある」

言いながら向けた視線の先に、ハザードランプを点灯して停車している車が見えた。

ちょっと待ってよ。この距離なら今までのやり取りが丸見えなんじゃないの？　というか、柏原さんだけではなく通行人にも、瑛真とのキスシーンを見られていたはず。

うわぁ……もう、ほんと恥ずかしい……。

「会社へ戻る途中でふたりの姿が見えて」

「追いかけてきたんだ？」

「そうだ」

そこは胸を張って言うのね。わりとストーカーっぽい行動をしているという自覚はないのかな。

私の小ぶりの傘に身を寄せ合って歩き出す。傘に当たって弾ける音が次第に大きくなっていく。

「ふたりはお昼食べたの?」

「いや、まだだ」

「そっか。ごめん」

朝から忙しなく動き回っているふたりの方が、よっぽどお腹を空かせているはずだ。

「美和が謝ることじゃない。それに食事よりいいものがもらえた」

さっきまであんなに狼狽《うろた》えていたのに、もう口元には三日月のような笑みを浮かべている。

「変態」

「エロジジイよりかは聞こえがいいな」

「どこがよ」

顔が赤く染まっているのが自分でも分かる。

車から出てきた柏原さんが、「まるでドラマを見ているようでした」と御丁寧に感想を述べてきたことで、さらに真っ赤になってしまった。

瑛真に、『あいつとは絶対にふたりきりになるな』と言われてから身構えていたけれど、あれ以来、創一郎さんは私に近寄ってくることはなかった。瑛真が極力私をひとりにしないようにしていたせいもある。

創一郎さんに連れていってもらったイタリアンのお店の話をすると、瑛真は対抗心に火がついたのか、『俺も美和をレストランに連れていく』と言ってきかない。イタリアンばかりではさすがに飽きてしまうだろうと、フレンチを食べに行こうと提案してきた。

ありがたいけれど、もっと普通のお店でいいのに。フレンチだとナイフとフォークを使わなければいけないし、左肩に負担がかかるからやめた方がいいと言っても、瑛真は『問題ない』の一点張りだった。

強がりなのも限度を超えると心配で仕方ないという、こっちの気持ちも分かってほしい。

土曜日の今日、長く居座った雨雲がようやく去ってくれた。久しぶりの陽射しが心も身体もぽかぽかと温めてくれる。

「出かけよう」

もうすぐ正午になろうとする時、ストライプ柄のシャツを持って自室から出てきた瑛真が、窓外を見て眩しそうに目を細めた。

「着せてもらえるか？」

「うん」

手早く着替えを済ませて、真正面に立つ瑛真を見上げる。

「ねえ」

「なんだ？」

「今さらなんだけど、着替えの時は座ってもらえると助かる」

背が高すぎて手がつりそうだ。

「そうか、悪かった」

「ううん。瑛真って何センチあるの？」

「百八十五だ。美和と二十五センチ差だな」

「……そうだね」

身長だけじゃなくてスリーサイズも知られていそうで怖い。

それにしても、レストランで食事をするだけなのに瑛真はスーツを着用している。目を引く鮮やかさのある明るいネイビースーツに、同系色のネクタイを合わせた着こなしは清潔感に溢れている。

なにを着てもカッコいいなぁ。

……って、見惚れている場合じゃなかった。

「私も着替えるべきだよね？」

瑛真の服装を見る限り、ドレスコードが必要なお店に連れていかれるのだろう。

「そうだな」

当たり前のように手を引かれ、私の服が置かれている寝室へと歩みを進める。

瑛真にとって手を繋ぐ行為はもはや日常に組み込まれた動作なので、最近ではいちいち反応するのはやめた。

瑛真は壁一面に広がるクローゼットから、ネイビーのワンピースを手に取ってベッドに置くと、それに見合う小振りのバッグと華奢なネックレスを出してきた。

アクセサリーまで用意されていたの⁉

「着替えたら呼んでくれ」

瑛真はそう言い残して部屋から出ていってしまった。

彼を待たせるのは申し訳ないので、急いでワンピースに袖を通す。ほどよく開いたスカラップデザインの襟元には、細やかなシースルーレースがあしらわれていた。袖は五分丈で裾は膝のあたりまであり、一枚でもさらりと着ることができる。ウエストに切り替えがあるため、スタイルがよく見えた。

可愛い。私好みだ。

「髪はどうしようかなぁ」

普段へアアレンジなんてまったくしないので、こういう時ささっと手際よく髪をまとめることができない。

なにかないかと視線を巡らすと、アクセサリーなどを収納してある場所に、リボンの形をかたどった、すみれ色のべっ甲風のバレッタを見つけた。

いつもの黒いゴムを使って少し高い位置でひとつ結びにして、上から飾るとそれなりに見える。

よし、これでなんとか。

急ぎ足で廊下へ出ると、玄関で壁に背を預けている瑛真がいた。

「靴はこれを履いていてくれ」

つま先を揃えて置いてある靴は、以前どこに履いていくのだと思っていた高級ブランドのパンプスだった。

汚したらどうしよう。

「どうした？　気に入らないのか？」

「……ううん」

そんなわけない。すごく素敵だ。

覚悟を決めてパンプスを履くと視界が一気に高くなる。

うわっ。こんなので歩けるかな。

「俺の腕に掴まって」

「でも」

「いいから」

男らしく言われ、おずおずと瑛真の腕に掴まる。視線が高いため、いつもより近くにある瑛真の顔に鼓動が速くなった。

マンションの前に停車していたタクシーに乗り込むと、車はすぐに動き出す。

すでに行き先を伝えてあるようだ。

どこまで行くのかな？

思い切り瑛真を意識していることを自覚して、さらに加速した鼓動に限界を感じているうちに、車は、瑛真と衝撃的な再会を果たした高級ホテルの駐車場に進入する。

「ここで食べるの？」

不安げに聞くと、瑛真は穏やかに微笑む。

「そうだ。だからそんなに構えなくてもいい」

そんなの無理に決まってるじゃない！

ここは誰もが一度は泊まりたいと憧れる超一流ホテルだ。そんな場所で、特別なことがあるわけでもない日に気軽に食事をするなんて。

やっぱり私とは住む世界が違う。

テーブルマナーなどは一通り身につけてはいるけれど、それを披露する機会はほとんどなかった。だから上手くやれるか不安で仕方がない。

「美和のお父さんもここは美味しいって言っていたよ。美和は来たことがないと聞いたから、連れてきたいと思っていたんだ」

「それは……どうも」

せっかく私を喜ばそうとして連れてきてくれたのだから、少しは嬉しそうな顔をしないといけないのに。

頭では分かっていても、鼓動は落ち着きを取り戻してはくれない。冷や汗のせいで化粧が崩れていないか不安が増えるばかりだ。

エレベーターで五十四階まで上り、ウエイターに案内されたのは、ふたりにはあまりにも広すぎる個室だった。

十人は座れる長テーブルの上には、シャンデリアが輝いている。

内装に目を奪われていると、瑛真から、ヨーロッパの邸宅をイメージしているのだと聞かされた。

「ふたりきりだし、多少はリラックスできるだろう？」

「贅沢すぎるよ……」

きっと、敷居の高いレストランでの食事に慣れていない私のことを考えて、個室を予約してくれたのだろう。そこまで気を回させてしまったことに、嬉しさよりも申し訳なさが上回って、情けないくらいの弱々しい声が出た。

「堂園化成のひとり娘の言葉とは思えないな」

「なんちゃってだからね」

「そうだな。美和はいい意味で普通だ」

「それはどうも」

瑛真は嫌味なんて言わない。だからきっと言葉通りなのだろう。

メニュー表には値段が書いておらず、文字も読むことができなかったので注文は全て瑛真にお任せした。

ほどなくして食事が運ばれ、とても静かな時間が流れた。

咀嚼《そしゃく》する音までもが、正面の彼に聞こえていそうで少し落ち着かない。

創一郎さんは食事中によく喋る人だったけれど、瑛真は家で食事をとる時も口数が少ない。だからいつも自分と瑛真の手元に視線がいく。

男の人の手を見てドキドキするなんてこと、今まで一度だってなかったのに……。

緊張を煽るだけだと分かっていても目が離せない。

あの手がいつも私に触れているんだよね……。

一度意識してしまったらもう平常心でいられない。

結局、デザートを食べ終えるまで鼓動は速いままだった。


家でゆっくりとワインを飲みたいという瑛真の要望を聞き入れて、早々にレストランを後にすることにした。

行きと同じように、瑛真のエスコートを受けながら豪勢な絨毯《じゅうたん》の上を歩いていると、正面から芸能人かと思うほど美しい女性と、創一郎さんが歩み寄ってきた。

「まさかこんなところで会うとは驚きだね」

表情が確認できるくらいの距離まで来ると、創一郎さんは薄ら笑いを浮かべて声をかけてきた。

こんなことってあり得る？

私たちの行動を把握して、わざと鉢合わせるようにしたとしか思えないくらいの偶然だ。

瑛真は寄り添う私にだけ聞こえるくらいの音で舌打ちをした。

瑛真も舌打ちなんてするんだ……。この険悪な感じは、まだこの前のことを根に持っているのかな。

ふたりの不穏な空気が気になりながらも、私はそれ以上に、創一郎さんの隣にいる綺麗な女性から目が離せない。

「……専務のお付き合いされている方ですか？」

控えめに聞くと、

「あはは、まさか」

創一郎さんの笑い声には、どこか蔑《さげす》みが含まれていた。

「気になるなら瑛真に聞いた方が早いと思うよ」

「おい」

瑛真が低い声を出す。

「別に隠す必要ないじゃないか。それにどうせすぐバレるよ。ね？　まやかさん？」

「相変わらず人が悪いわね」

女性は困ったように微笑む。

私だけ除け者にされているみたいで居心地が悪くなる。

そんな思いから、瑛真の腕に絡めていた指先に力が入ってしまった。

しまった、と思ったけれど、瑛真はすぐさま腕をほどいて手をしっかりと握ってきた。

驚きで隣を見上げると、ばつの悪そうな顔が私を見下ろしている。

「彼女は懇意にしてくれている会社のお嬢さんだ。……あと、以前交際していた」

……交際。

急に息がしづらくなる。

「そうなんだ」

やだ。私、今どんな顔をしている？

動揺を隠すように下を向いた。

こんなに綺麗な人と付き合っていたんだ。しかも社長令嬢って……。

「もう、瑛真さんったら、面倒でももう少し丁寧に紹介してもらえるかしら？　えっと、美和さん、だったかしら？」

「はい」

どうして私の名前を知っているのかなんて野暮な質問はしない。きっと創一郎さんから彼女へ、私の情報は筒抜けなのだと思ったから。

顔を上げて、真正面から女性を見る。

見れば見るほど綺麗な人だ。大きくてどこか挑戦的に感じる黒い瞳には、発色のいい真っ赤な口紅がよく似合っていた。すらりと伸びた手足は日本人離れしている。そこまでヒールの高い靴を履いていないので、もともと背が高いのだろう。

「父の会社、ベリアで秘書をしております、綾崎《あやさき》まやかと申します。瀬織建設に足を運ぶことも多いので、今後も会う機会があるかと思います。よろしくお願いしますね」

まやかさんはにっこりと微笑む。

「よろしくお願いします」

私もなんとか作り笑いを浮かべた。

ベリアは住宅設備機器業界の大手だ。住宅に詳しくない人間でも、一度は耳にしたことがある社名。

そんなすごい会社の令嬢と付き合っていたんだ。

……そりゃそうだよね。瑛真だって瀬織建設の副社長なんだから。

「もういいだろう。失礼するよ」

瑛真は煩わしそうに言って私の手を強く引くと、すぐに歩き出す。私は慌てて振り返ってふたりに頭を下げた。

まやかさんは私に会釈した後、視線を横へずらす。その、瑛真へ送る熱い視線に胸がざわついた。

彼女は、きっと今でも瑛真のことが好きなんだ。


ホテルを出てすぐにタクシーに乗り込んだところで、ようやくまともに呼吸ができるようになる。

たった数分のことだったけれど生きた心地がしなかった。

「美和。彼女とはもう終わっている」

「うん。分かってる」

それなのにどうしてこんなにも心が重たいのだろう。

「なにか言いたいことがあるんじゃないのか？」

見透かされて、目が泳いでしまった。

「言ってくれ。美和に嫌われたくない」

そんなこと言われても。ここがタクシーの中ってこと忘れてない？

バックミラーを見やると、運転手はまっすぐ前を向いていた。

気まずいけれど、正直なところ家まで我慢できないほど、ふたりの過去が気になっている。

耳元に唇を寄せ、小声で話しかけた。

「あの人とはどれくらい付き合っていたの？」

「半年くらいかな」

長くもないけれど短くもない期間だ。

「いつ別れたの？」

「美和に会う少し前だ」

「じゃあ、ふたりが別れたのは私のせい？」

「聞こえが悪いかもしれないが、俺は美和以外に本気で好きになった人はいない」

「それならどうして付き合ったの？」

「それは……悪かった」

私と再会するまで瑛真が誰と付き合ってなにをしていたとしても、私が口出す権利はない。

ただ私が勝手に嫉妬しているだけで、瑛真を責めるようなことは口にしたくないのに、勝手に言葉が飛び出てくる。

「まやかさん、綺麗だね」

「そうか？」

「それにベリアの社長令嬢ってことは、彼女との繋がりは瀬織建設にとっても有益よね」

「なにが言いたい？」

穏やかだった口調が急に厳しくなった。さすがに好き勝手言いすぎたようだ。

子供っぽい自分の行動が恥ずかしくなって俯く。

私はなにがしたいんだろう。

「それはヤキモチだと思っていいのか？」

僅かな沈黙の後、瑛真に聞かれて否定ができなかった。

なにも言わないでいると、隣から小さな溜め息が聞こえて心臓が縮こまる。

面倒くさいって思ったよね……。

「予定変更だ」

「え？」

瑛真は運転手に行き先の変更を告げる。

「どこに行くの？」

「行けば分かる」

なんだかんだいって私は瑛真の強引なところに弱い。

だから大人しく従うしかなかった。

曝け出す感情

タクシーはとある高級ブティックの前で停まった。

瑛真に無理やり腕を組まされて、エスコートされる形で颯爽と店内を歩いていく。

一階の高級感溢れるレディースフロアだけでも心臓がバクバク鳴っていたというのに、二階のＶＩＰサロンに通された時には、本当に心臓発作でも起こしそうになった。

一体全体どうしたというのか。

急展開に思考と感情が追いついていかない。

次から次へと華やかなドレスが目の前に運ばれては消えていく。

「ああ、これがいい」

瑛真の一声で、私は優雅で広すぎるフィッティングルームに連れていかれ、あれよあれよという間にドレスを着せられていた。

「とてもお似合いです」

店員にお世辞を添えられて、鏡の前の自分と向き合う。

可愛い。

似合っているかどうかは置いておいて、ドレス自体は本当に可愛らしいものだった。胸までが白色で、ウエストのリボンを境に、膝丈まで真っ赤なスカートが広がっている。胸元のチュールレースがフェミニンな雰囲気を醸し出しているが、だからといって甘くなりすぎていないのは、絶妙な加減のスカート丈と布量おかげだ。生地はよく分からないけれど、とにかく繊細なのは分かる。さすがとしか言いようがない。いいものはやっぱりとことんいい。

呆《ほう》けた状態のまま、店員によって瑛真の前に突き出された。

「ど、どうかな？　私には可愛すぎる気がするんだけど……」

返事はなく、上から下まで舐《な》めるような視線を送られ、おまけにくるくるとその場で回らされた。

私は犬ですか。

冗談で三回まわってワンと言ってやろうかと思ったけれど、瑛真があまりにも真剣な顔をしていたのでやめておいた。

「今すぐ抱きしめたい」

やっとのことで口を開いたかと思えば、とんでもないことを言う。

そばからは「あらあら」「まあっ」と頬を染めた女性店員の声が聞こえてくる。

ほしい。

どうも彼は人目を気にしないところがある。それに巻き込まれる私の身にもなって
「それは似合っているってことなの？」

「ん？　これ以上にない褒め言葉だと思うんだが」

「どこらへんが？」

「抱きたくなるほど魅力的だという意味だが？」

「あ、もうなにも言わないで」

ダメだ。安易に突っ込まなければよかった。

いつものように返り討ちにあってしまい、全身が熱く火照ってしまう。

「このドレスに合う靴とアクセサリーを用意してくれ」

「かしこまりました」

女性店員たちがいなくなってから、赤い顔を隠すようにそっぽを向いて言った。

「全然意味が分からないんだけど。着飾ってどうするの？」

「明日、とある会社のレセプションパーティーがある」

「まさかそれに私もついていくの？」

「そうだ」

めちゃくちゃ嫌なんだけど……。

「まやかも出席する」

だからなんだっていうの？

瑛真の口から彼女の名前を聞いて、胸の中がもやもやする。

「ヤキモチを焼いたんだろう？　婚約者として俺と一緒にいれば、その気持ちも晴れるんじゃないか？　俺は美和のものだと見せつけてやればいい」

そんな意地汚い行為をするためだけに、こんなにも高価なドレスを買ってくれるっていうの？

嬉しいような惨めなような、複雑な気持ちになって首を横に振った。

「美和はもっと自信を持った方がいい。あと、もう少し欲深くても罰は当たらないよ」

なにも言い返せぬまま、店員たちが揃って戻ってきた。個人的な会話はこれで終わりとなり、私は再びマネキン人形のようになすがままになっていた。

翌日の夕方。昨日用意されたドレスと靴とアクセサリーで見事に着飾った姿で、名前だけは聞いたことがある有名ホテルのロビーを歩いていた。

喉はからからに乾いているし、さっきから全身の小刻みな震えが止まらない。十センチはあるヒールのせいもあって足が上手く上がらない。

気をつけないと転びそうだわ。

瑛真の腕に添える指先にも力が入る。

今日の瑛真はダークネイビーのスリーピーススーツに、爽やかな水色のシャツと、ピンクとシルバーのネクタイを合わせている。

視線が集まりやすい胸元に、組み合わせが難しい色味のはっきりしたアイテムを持ってくるのはさすがとしか言いようがない。

「まさかここまで緊張するとは思わなかった」

心の底からそう思っているのだろう。瑛真は目を丸くして私を見ている。

「当たり前でしょう?　こういうのには慣れていないんだから」

「そうか。でも、俺の妻となればこういう機会も増える。大変かもしれないが、少しずつ慣れてくれるとありがたい」

唇をキュッときつく結んだ。

瑛真は、私が抱いた劣等感を払拭するためにこういう機会を与えてくれたのだろうけど、私にしてみれば、会場にいるドレスアップした美しい女性たちと自分を比べて、余計に引け目を感じてしまうだけだ。

めちゃくちゃ浮いていると思うんだけど……。

それらしく振る舞うべきなのだろうけれど、どう頑張ってもそれは無理だ。どうしたって挙動不審になってしまう。

せめて柏原さんがいてくれたらよかったのに……。

瑛真が、今日は私が一緒だから同席しなくていいと言ってしまったらしい。別に三人でもいいじゃない。柏原さんがいないと私は困るのに。

助けを求める人間が瑛真以外にいないと心細く思っていた私は、会場に入ってすぐにお父さんの姿を見つけて、危うく大声を張り上げそうになった。

「お父さん！」

駆け寄った私と同様に、お父さんもかなり驚いている。

「美和⁉　どうしてここに？」

「婚約者として同伴してもらったんですよ」

私の代わりに瑛真が答える。

「なるほど。今日は瀬織建設にゆかりのある人が多く来ているからな」

納得、とでもいうようにお父さんは顎に手を当てて頷いた。

「ドレスは瑛真くんが用意したのかい？　美和がドレスを着るのは子供の時以来だな」

「そんなことないわよ。友達の結婚式でドレスくらい着ているわ」

「そうか。父さんは見ていないからなぁ」

そうまじまじと見られると照れてしまう。

「美和を婚約者として紹介してくれるのなら、私も一緒に回ってもいいかい？」

「もちろんです。その方が説明もしやすいですし」

「仲良くやっているみたいでよかったよ。美和は頑固だから、瑛真くんを困らせていないか心配だったんだよ」

「美和の料理は美味しいし、家事もそつなくこなしてくれるし、こんなにできたお嬢さんはなかなかいませんよ。一緒に暮らしてみてますます手放したくなくなりました」

ふたりの会話に顔から火が噴き出しそうになる。

「ちょっといい加減にしてよ！　恥ずかしくて聞いてられないわ！」

咎めるように瑛真の腕を引く。

「おまえは相変わらず気が強いなぁ。一体誰に似たんだか」

お父さんが困ったように溜め息をつく。

私は頬を膨らました。

「やはり親子ですね。おじさんの前だと美和はいつもより子供っぽくなる」

「そうなのかい？　私の前ではいつもこんな感じでね」

「そうですか。それはおじさんに甘えているからでしょう」

まったく好き勝手なこと言ってくれるわ。――っと、気をつけないと。

尖《とが》らせていた唇を引っ込めて、改めて姿勢を正した。

周りからの視線を痛いほどに感じる。

聞けば、瑛真はこういったパーティーには積極的に参加するようにしているらしい。だから彼の顔は知れ渡っているはず。

感じる視線は、瀬織建設副社長にエスコートされる私への好奇のものだろう。

ふたりが会話をやめて周囲に顔を巡らすと、待っていましたといわんばかりに人々がわらわらと押し寄せてきた。

「お久しぶりです。そちらの方は？」

「娘です」

「婚約者です」

こんなやり取りが何回も繰り返され、私はボロが出ぬよう極力言葉を発さずに微笑むことに徹した。

言葉遣いや立ち居振る舞いなど、一応問題なくやれる自信はあったけれど、堂園化成について聞かれるとなにも答えられなくなってしまうので、その点で言えばお父さんがいてくれて助かった。

一通りの挨拶を終え、お父さんとも一旦別れて瑛真とふたりきりになった。

「予想以上に疲れた……」

「まだ始まったばかりだぞ」

「もう帰りたい」

「そう言わずに。美和の好きなケーキもワインもあるから」

「こんなところで飲んだら悪酔いしそう」

「そうなったら泊まっていけばいいよ」

さっきまでの凛《りん》とした姿からは想像もつかないくらい、甘い声を耳元で囁いてくる。

「明日も仕事なんだからそういうわけにはいかないでしょ」

「柏原に迎えに来てもらえばいいだろう？　それとも、朝早くに起きられないくらい夜更かしでもするつもりか？」

「なっ……！」

開いた口をわなわなと震わす私を見て、瑛真は満足そうに微笑んだ。

お酒を飲んでもいないのに身体中が熱い。

婚約者としてここに来ることを拒まなかった時から、もう自分の気持ちは認めていた。結局のところ、彼と再会した時から心を奪われていたのだろう。ただそれを認めるには、自分のプライドが許さなかっただけ。

そういえば、まやかさんはどこにいるのだろう?

周囲を見回すと、背の高い彼女は周りからはいい意味で浮いていてすぐに見つけられた。彼女が着ているブラックワンピースのドレスは、スーツの男性に囲まれていても溶け込むこともなく存在感を放っている。

どっかの海外セレブみたいだわ。

「やはり来たか」

まやかさんに目を留めた瑛真が、溜め息交じりに呟く。

「うちのお父さんも呼ばれているし、いろんな職種の人たちが来ているのね?」

「ここの社長は顔が広いからな」

「まやかさんの隣にいる男性は?」

「父親だ」

ということはベリアの社長……。

「挨拶をしないと」

「え⁉」

「仕方ないだろう」

「嫌！　無理！」

「諦めた方がいい。ほら、向こうもこっちに気づいたぞ」

ベリアの社長が瑛真を見つけて微笑み、まやかさんと共にこちらに歩み寄ってきた。

まやかさんは少しも動じた様子はなく堂々としている。

「ご無沙汰しております」

「急に顔を見せなくなったかと思えば、そういうことかね」

ベリアの社長は冷笑を浮かべて私を見た。

その仕草だけで私が歓迎されていないことがはっきりと分かる。

「婚約者の美和です」

全身に動揺が走り抜ける中、瑛真に紹介されて頭を下げる。

「初めまして。堂園美和です」

「もしかして堂園化成の？」

「そうです」

「なるほどね。どうりで初めて見る顔だ」

それはどういう意味？

含みのある言い方をされ、つい眉間に皺が寄る。

私の価値についてどうこう言われるのは耐えられるけど、会社のことを侮辱されるのは我慢ならない。

瑛真はさりげなく私の背に手を添えた。それだけで乱れた心が落ち着いていく。

「彼女は僕の許婚ですからね。下手に顔を出して他の男に惚れ込まれたら困るので、こういう場には出ないようにしてもらっていたんですよ」

「はっはっは。キミもおもしろいことを言うようになったね」

ベリアの社長は瑛真までも鼻で笑い、やってられないといったふうに足早に去っていった。まやかさんは最初から最後までひと言も発さなかった。

「腹黒オヤジの言うことなんて気にしなくていい」

「腹黒オヤジって……」

瑛真でもそんなこと言うんだ。

「ふたりが交際していたのを、社長もご存じだったのね」

「まやかが勝手に話したんだろう」

ああ、まただ。また胸がもやもやする。

やっぱりふたりの関係についてはっきりさせたい。

「瑛真はどういうつもりでまやかさんと交際していたの？　立場のあるふたりが交際するということは、それなりにリスクがあるわよね？」

私の質問に、都合の悪いことを聞かれたとでもいうように瑛真はどこか遠くを見やった。

「……将来の話は一度もしたことがないから、向こうも俺と同じ感覚でいると思っていた」

相変わらずの曖昧な言い回しをする。

「瑛真に許婚の存在がいることは？」

「知っていたよ。それでもまやかの方からアプローチをしてきたから、互いに大人の関係だと、割り切ったつもりで相手にした」

ふたりの関係性がだんだんと見えてきた。

瑛真は以前、自分も遊びのひとつやふたつは経験していると言っていた。まやかさんはそのうちのひとりだと遠回しに言いたいのだろう。

だけど、まやかさんの態度を見る限り、彼女は瑛真との将来も見据えて交際していたに違いない。

許婚の私から瑛真を奪うつもりだったたってことだよね……。

まやかさんは私を見てどう思ったのだろう。こんな平凡な女が許嫁だなんて笑わせるって、心の中では思っているのかな。

そんなことを考えていたら、気分がどんどん沈んでいく。

「ちょっとお手洗いに行ってくる」

「ひとりで行けるか？」

「それくらい平気よ」

心配してくれるのは嬉しいけれど、今はひとりになりたい。

転ばないように、それでも足を速めてトイレへと急いだ。

個室には入らず、化粧用のパウダースペースの鏡の前に立つ。

鏡には浮かない顔が映っている。

こんな些細なことで動揺していたらこの先やっていけない。もっとしっかりしなくちゃいけないのに。

はあ、と深い息をつく。そこへ誰かが入ってきた。

振り向くと、今一番会いたくない人間が立っていた。

「どうも」

まやかさんが目礼する。私は小さく頭を下げた。

最悪だわ。

すぐに退散しようと出口へ向かう。

「ねえ」

呼び止められ、恐る恐るまやかさんへ向き直った。

「……はい?」

「瑛真さんの肩、まだ治ってないのかしら?」

心配そうに形のいい眉を下げている。

「あと一、二週間の固定は必要だと思います。それから包帯を外してリハビリをするので、まだ少し時間はかかりますね」

「そう……」

瑛真への思いやりを感じて、まやかさんって実は優しい人なんだな、と思ったのも束の間。

「ほら、私のせいで怪我をしてしまったでしょう? 本来なら美和さんじゃなく、私が責任を取って、そばでお世話をするべきだと思うのよね」

驚くべき事実を聞かされて言葉をなくしてしまった。

かばった女性って、まやかさんだったの……？

必要性がなかったから言わなかっただけなのだろうけど、内緒にされていたようで嫌な気持ちにさせられる。

だけどその感情は表に出さないように努めた。

「そんなことはないです。婚約者がいる身で、他の女性に介抱してもらうのはおかしいと思いますので」

はっきりとした口調で言い切ると、まやかさんは表情を硬くした。

彼女は床へ目線を落として溜め息をひとつついてから、もう一度しっかりと目を合わせてくる。

「あなたのことは別に嫌いじゃないのよ。でもね、私はまだ瑛真さんのことが好きなの。だから別れた後もずっと、彼にやり直したいって伝えていたわ」

瑛真からは、まやかさんとは終わっていると聞いていた。復縁を望まれているだなんて、そんなことひと言も言っていなかったのに。

またもや隠されていた事実をまやかさんから聞かされることになり、裏切られた気分にさせられる。

「美和さんは、そんなに瑛真さんのことが好きという感じではないわよね？　それなら私に返してほしいわ」

「そんなことありません。私もちゃんと彼のことが好きです」

「あら、そうなの？　それは困ったわね」

まやかさんは頬に手を当てて小首を傾げる。本当に困っているといった様子だ。

どうしてこんなにも余裕な態度でいられるの？

さっきから私の心臓は、大きな音を鳴らして身体中に響いているというのに。

「分かったわ。それなら私は私で頑張らせてもらうだけだから」

綺麗な笑顔なのに、瞳の底には黒い感情が潜んでいるように見えた。

この人は手強いと思う。あからさまに自己的な感情をぶつけてこないし、大人の女性としての態度を崩さずにいる。それでいて、私たちの間につけ入る隙を虎視眈々《こしたんたん》と狙っている感じだ。

やっぱり昨日、ホテルで会ったのは偶然なんかじゃないのでは？　そうだとしたら、創一郎さんもぐるってことになる。

「……まやかさんは、瑛真のどこに惹かれているのですか？　まやかさんほどの方なら、彼に固執せずとも素敵な男性は周りに多くいるはずですよね？」

「私を褒めてくれているの？　ありがとう」

まやかさんは「ふふふっ」と可愛らしく笑う。自分に自信があるのだろう。

「瑛真さんの魅力なんて、美和さんもご存じでしょう？　男気と決断力があって頼りがいがあるし、女性の扱いも上手だからたくさん甘えさせてくれるわ。それにあの容姿。ずっと眺めていたいと思わない？」

まやかさんの言う通りだった。

外見についてはともかく、瑛真の内面のよさを、自分以外にも知っている女性がいることにショックを受ける。

さらに言えば、身体の関係を持っていない私より、恋人だった彼女の方が彼について知っていることは多いのではないか。

反応がない私に見切りをつけたのか、まやかさんは足を一歩踏み出す。カツンと、彼女の高いヒールが鳴った。

「引き留めてごめんなさいね。あと、先ほどの父の不躾《ぶしつけ》な態度も」

「……いえ」

「それじゃあ」と言って、まやかさんは個室へと消えていった。

気持ちを切り替えようとここに逃げ込んだというのに、さんざん気持ちを揺さぶった挙句、去り際にベリアの社長の悪態を思い出させるなんて。

わざとじゃないにしてもやってくれるわ。

余計に気持ちが沈んだまま会場へ戻ると、瑛真の周りには人だかりができていた。しかも彼を囲んでいるのは女性ばかりである。彼は彼で、社交的な微笑みを湛えていた。

仕方ないわよね……。

仕事とプライベートが入り混じったような場なのだから、彼の振る舞いは正しい。それにしても、ここで戻ったら飛んで火にいる夏の虫だわ。

なるべく人気《ひとけ》のない一角へと移動して、ウエイターからワイングラスを受け取った。モテる人なのは聞かなくても分かっていたけれど、できれば目にしたくない光景だった。

あーあ。まさかこんなにもヤキモチを焼くようになってしまうなんて。

酔わないように、少しずつ香りのいい白ワインを喉に流し込みながら、綺麗に盛りつけられたデザートをいくつか取って口へと運ぶ。

こんなに美味しいのにほとんど手をつけられていない。

パーティーが終わったら全てが残飯として処分されるのよね。そんなこと、上流階級の人たちは考えたりもしないのだろうな。

「そのケーキ美味しいですか？」

苺のムースケーキを堪能しているところに、見知らぬ男性に声をかけられた。

「え？　ええ……」

「それならこのあたりも好みかと思いますよ」

勧められるがまま、正方形の可愛らしいケーキを取り、口の中に放り込む。

「あ、ほんとだ。美味しい」

「でしょう？　僕はこのあたりのケーキは一通り食べました」

「甘いのがお好きなんですね」

「ええ」

男性は朗らかに笑う。

「堂園化成のお嬢さんでしょう？　皆さんに挨拶されているのを聞いていましたから。私は森実《もりざね》といいます」

「森実さん……。もしかして、モリザネホールディングスの？」

「ご存じですか？　それは嬉しい」

森実さんから御丁寧に名刺をいただいた。

モリザネホールディングスはベンチャーとしてスタートし、現在では大企業となっている。

森実さんは見た感じ三十代後半だろうか。見た目から溢れ出ている清涼感に好感が持て、しっとりとした穏やかな口調からは品行方正な人柄が感じられた。

ストライプの入った紺地のスーツに白シャツと、紫の細やかで爽やかなダイヤ柄のネクタイを合わせているあたり、お洒落が好きで遊び心がある人なのだと思わせる。

モリザネホールディングスの社長ってこんなに若い人だったんだ。起業したのは学生の頃なのかもしれない。

「残念です。こんなにお綺麗な方なら、ご婚約される前にお会いしたかった」

「えっ？」

「あはは。酔っ払いの戯言《ざれごと》として聞き流してください」

「はあ」

「瀬織さんの仰る通りですね。これまで身を潜めていて正解だったと思います。そうでなければ、私のような輩《やから》に絡まれて大変だったはずです」

あの会話も聞かれていたんだ……。

「森実さんは少し変わったお方ですね」

「よく言われます」

へらっとした笑顔を向けられて、すっかり気抜けしてしまう。

「私のような成金とは違って、堂園化成さんは歴史のある会社でしょう。やはり瀬織さんのような方が相応しいのでしょうね」

「そんなことありません」

即座に否定した。

「私は会社経営には関わっていません。ですから森実さんのように、ご自身の力で若くから成功されている方たちのことは尊敬しています」

「嬉しいことを言ってくださいますね。ということは、私にもまだチャンスはあるのでしょうか？」

「えっ……」

そういうつもりで言ったわけじゃないんだけどな。

掴みどころのない森実さんの扱いに困っていると、どこか不機嫌そうな顔をした瑛真が歩み寄ってきた。

「美和」

後方にはまだ名残惜しそうに、彼の背中を見つめている女性たちがいる。

「戻っているのにどうして声をかけない？」

「あんなに女性に囲まれていたら、話しかけづらいですよね」

陽気に笑う森実さんを一瞥《いちべつ》して、瑛真は私の腰を引いた。

「森実さん、彼女のお相手をしていただきありがとうございました」

どうやらふたりは顔見知りのようだ。

「こちらこそ楽しい時間をありがとうございました」

「今日はおひとりなんですね？」

「妻も娘も季節外れの風邪を引いて、揃ってダウンしています」

え⁉　どういうこと⁉

「それは心配ですね。これからの季節、我々も気をつけなければいけないですね」

「本当ですね。それでは、美和さんもお身体ご自愛ください」

爽やかに去っていく彼の後ろ姿に、さっきの言葉は一体なんだったのかと呆気に取られる。

本当にただの酔っ払いが絡んできただけなの？　勘弁してよ……。

「随分親しげだったな。楽しかったのか？」

「へ？　別に？」

まあ、おかげで嫌なことを考えずに済んだけれど。

「飲んでいるのか」

言われて、手元のワイングラスに視線を落とした。

「あ、ごめんなさい」

「別に謝らなくていい。俺も少し飲もう」

瑛真は私と同じものをウエイターから受け取って、ごくごくと勢いよく飲み干してしまった。

「そんな飲み方して大丈夫？」

「これくらいじゃ酔わない」

そう言って、また新しいグラスを手にする。

「なんか、機嫌悪い？」

「ああ」

「どうして？」

「あまり他の男と親密にしないでくれ」

不機嫌の原因がまさか自分にあるとは思ってもいなかったので、驚きで瑛真の顔をまじまじと見つめた。

そういえば以前、柏原さんとふたりきりで話をしていた時もこんな感じだったっけ。

「ごめん。気をつける」

素直に受け入れると、瑛真は目を少しだけ見開いた。

「婚約者として、もう少し自覚を持つわ」

「あ、ああ」

「でも瑛真だってたくさんの女性とお話をしていたでしょう？　あれはいいのかしらね？」

これくらい言ってもいいだろう。

「美和、もう帰ろうか」

「え？　もう？　いきなりどうしたの？」

そりゃあ早く帰れるにこしたことはないけど。

「煽った責任は取ってもらうからな」

「……は？」

「今夜は我慢できそうにない」

「さっきからなにを言ってるの⁉」

真面目な顔をしてとんでもないことを言わないでよ！　森実さんみたいに、どこで誰が聞いているかも分からないのに！

「喧嘩か？」

「うわっ」

タイミングよく現れたのはお父さんだった。

「びっくりした。驚かせないでよ」

今の会話聞かれていないよね？

「急な仕事が入って、もう行かなくてはいけないんだ」

「お忙しいですね」

「お陰様で」

瑛真の言葉にお父さんは嬉しそうに笑った。

「今日は美和がいてくれたおかげで助かったよ」

「そうなの？」

まさかそんな言葉をもらえるとは思ってもいなかった。

「今日は父さんひとりだったしな」

「そういえばお母さんは？」

「ばあさんのところに行っている。少し体調が悪いみたいなんだ」

「えっ……大丈夫なの？」

「母さんが病院に付き添ったが異常はなかったし、そう心配することではないよ。もしなにかあったらすぐに連絡を入れるから」

「分かった。私も近いうちに顔を出してくる」

「そうしてあげてくれ」

「お父さんも無理しないでね」

「ああ、それじゃあまた」

とにかく急いでいるようで、お父さんはすぐにポケットから携帯電話を取り出して、誰かと話しながら会場を出ていった。

「美和のご両親とはこういった場でよく会うんだ」

「え？　そうなの？」

「本来なら美和も顔を出すべきだったが、おじさんが頑なに拒んでいてね」

「……どうして？」

「前にも言っただろう？　美和を会社の事情に巻き込みたくなかったんだろう」

「そんな気を使わなくてよかったのに……」

「本当にそう思うか？」

「もちろんよ」

「それは頼もしい」

片方の口角だけを引き上げた口元を見てハッとする。

しまった！　はめられた！

「美和に着せたいドレスがたくさんあるんだ」

「……それが本当の目的とか言わないわよね？」

「さあ、どうだろうね」

瑛真は妖艶な微笑を口元に浮かべる。

不意打ちで色気を出すのは勘弁してほしい。

落ち着きをなくした私に気づいているのか、瑛真は吐息のかかる距離で「今夜のドレスは脱がせにくそうだ」と囁いた。

「――‼」

温かい息をかけられた耳を、手のひらで覆う。口がわなわなと震えるばかりで声が出せない。

私の気持ちに変化があったと分かった途端こんなに豹変《ひょうへん》するなんて、本格的に付き合い出したら一体どうなってしまうの⁉

戸惑う気持ちと、ほんの少しだけ期待してしまっている自分がいる。

今夜、本当に……？

「なんて顔をしているんだ。誰かに見られる前に帰るぞ」

「え⁉　どんな顔⁉」

素っ頓狂な声をあげると、

「女の顔」

先ほどとは比べものにならないくらい、ぞくっとするほど艶めかしい顔を見せてきた。

そっちだってなんて顔をしてるのよ！

翻弄《ほんろう》してくる瑛真のせいで、すっかり平常心をなくしてしまう。

ほとんど飲んでいないにもかかわらず、アルコールがいい感じに回ってしまったこともあり、その後どうやって帰宅したのかあまり覚えていなかった。


きっちりとセットされた髪が煩わしいこともあり、帰宅してすぐにシャワーを浴びることにした。

「酔っているみたいだし一緒に入ろうか？」

「結構です！」

即座に拒否すると、瑛真は目尻を下げて笑った。

からかわれているというのに、こんなにも胸が高鳴ってしまう。

滝行のごとく水圧の高いシャワーを頭から浴びて心を鎮めた。

瑛真が交代でシャワーを浴びた後、包帯を巻き直して、いつもより少しゆったりとした時間をリビングで過ごした。

「今日はせっかくの休みなのに、無理をさせて悪かったな」

珍しくブランデーを飲んでいる瑛真は、さすがに酔いが回っているようで顔色がいつもよりいい。

「気を晴らすつもりだったのに、余計に嫌な思いをさせた」

ベリアの社長に言われたことを指しているのだろう。

確かに心労が増えただけかもしれない。まやかさんに宣戦布告もされてしまったし。

それに、瑛真が女性たちに囲まれているのもいい気はしなかった。

黙ったままの私の機嫌を窺うように、瑛真は間合いを詰めてきた。ソファが軋む。

「経営難だったとはいえ、堂園化成はやはり一目置かれている。おじさんと美和と一緒に回ってそれを再認識したよ。だから、あんな私情を挟んでくる人間の言葉に耳を貸さなくてもいい。現に、今日挨拶をした人たちの反応はどれもよかっただろう？」

瑛真の言う通りだった。堂園化成の社長であるお父さんが一緒にいたことを差し引いても、周りの反応は良好だった。

「そうね。でも、改めて私は名ばかりのお嬢様なんだなって思っちゃった」

アルコールが饒舌《じょうぜつ》にさせる。

「今日パーティーに来ていた人たちとは生きている世界が違う」

言いながらまやかさんの姿が瞼に浮かんだ。

ああいう人こそが、瑛真の隣に並ぶのに相応しいんじゃないかな。

「その手の話になると途端に自信をなくすんだな」

だって本当のことなんだもの。

私は長年普通の暮らしをしてきたし、価値観もそっちに寄っている。

手をつけられていない大量の食事が捨てられることにすら、嫌な気持ちを抱いた。

きっとこれからも些細なことに胸が窮屈になるのだろう。

私はただ幸せになりたいだけ。地位も名誉もいらないし、平穏に暮らせたらそれでいい。

そう思って生きてきたのに、瑛真と一緒になるということは、そんな甘い考えでは通用しないのかもしれない。

私、本当に瑛真を好きになっていいのかな……。

目の前と、頭の中がぐらぐらと揺れる。

「美和？　大丈夫か？」

「うん」

「だいぶ酔っているな」

優しい手つきで頭を撫でられて、口から小さな吐息が漏れた。

「寝落ちする前に移動しよう」

手を引かれてパウダールームへと誘導され、ふたり仲良く並んで歯を磨く。

こうしていると本物の恋人みたい。

……この家にまやかさんも来たのかな。

元カノの存在に必要以上に触れてしまったせいで、いつもなら考えないことを考えてしまう。

これまで交際相手の元カノの存在なんて、一度も気にしたことなかったのにな……。

経験したことのない心の揺れ動きに、自分自身が動揺している。

寝支度を整えて、いつも私が使っている寝室へ移動すると、瑛真にベッドの端に座るよう言われ、なんだろうと思いながら腰を落とした。瑛真は私の足元に跪《ひざまず》く。

「今日はどうしたらいい？」

上目遣いで聞かれて首を傾げた。

「どうしたらって？」

なにを聞きたがっているのかが分からない。

「俺は一緒に過ごしたい」

それは、一緒にこのベッドで寝るってこと？

胸がきゅうっと締めつけられて、急に呼吸が上手くできなくなった。

「無理強いはしない」

膝の上に置いてあった私の両手を、大きくて温かな手が包み込む。

「無理じゃ、ない」

ついさっきまで迷いがあったのに、瑛真にまっすぐ気持ちをぶつけられて、簡単にほだされてしまった。

私の返事を聞いた瑛真は安堵した表情を見せる。

それがまた、胸を高鳴らせた。

互いに無言のまま布団の中へ潜り込んだ。すぐ目の前に瑛真の綺麗な顔がある。

しばらく見つめ合った後、瑛真が口を開いた。

「しつこいかもしれないが、もう一度言わせてくれ」

黙ったまま真剣な瞳を見つめ返す。

「絶対に幸せにする。だから、俺と結婚しよう」

このタイミングで言われるとは思っていなかったので、不意打ちをくらって動揺から目が泳いでしまった。

「えっ……あっ……」

この期に及んで尻込みする私を、瑛真は強さを緩めた瞳で見守っている。

頼りがいのある彼なら、私の不安を全て払拭してくれるかもしれない。それに、なにげない日常の中で言われたからこそ、その言葉には真実味があって胸に強く響いた。

「……はい」

消え入りそうな声で頷いて、すぐに瑛真の胸元に顔を埋めた。

こんなの恥ずかしくて顔を合わせられないよ。

瑛真は返事を聞いてすぐに私の身体を強く抱きしめた。

瑛真の心臓の音、すごい……。

同じように緊張してくれているのなら嬉しい。

冷たく感じていた布団の中はもう熱がこもっている。誰かと一緒に寝るって、こんなにも温かいものなんだ。

しばらく抱き合った後、自然な流れで顔を見合わせる。

吸い込まれるような瞳に目がくらんでいるうちに、柔らかな唇が触れた。この前とは違う、体温が感じられるキスだった。

包み込むような優しいキスが、次第にかじりつくような荒々しいものに変わり、僅かな隙間から声にならない吐息が漏れていく。

このまま瑛真に全てを捧げてもいい——そう覚悟をしたところで、キスは再び優しいものへと変化した。

名残惜し気に離れた唇を、つい目で追ってしまう。

「美和のことが本当に大切なんだ。だから今夜はこれで十分」

そう……なんだ。

てっきり最後までするものだと思っていたから、肩透かしをくらって呆けてしまう。

瑛真はおかしそうに肩を揺らして笑った。

「真面目なお嬢さんとしては、三回目のデートの後くらいが妥当なのかな？」

「なっ……！　馬鹿にしてる⁉」

「してないよ。本当に、こうしているだけで幸せなんだ。それに……」

「それに？」

「気持ちが昂ぶりすぎて、今夜は優しくできない気がするから」

「……!!」

そんなことを言われたら私の方が昂ぶってしまう。だけど自分から誘えるほど経験豊富なわけじゃないので、疼く身体に『鎮まれ！』と強く言い聞かせた。

「眠れそうか？」

こんな状態で寝られるわけがないと思いながらも、「たぶんね」と答える。

「瑛真は？」

「寝るのがもったいないな」

目を細めた甘ったるい顔が近付いてくる。目をつぶると、そっと優しく口づけられた。

なんて気持ちのいいキスをするの。

やっぱり瑛真は誠実な人よ。創一郎さんはああ言っていたけれど、私を騙したり傷つけたりするような人じゃない。他人の言葉よりも瑛真の態度を信じるわ。

終わらないキスの嵐を受け、すっかり腑抜けになった身体に今頃になって再び睡魔が襲ってくる。

た。

「無理させて悪かった」

「ううん……気持ちよかった」

半分夢の中にいる状態だったせいか、とんでもないことを口走ってしまった。完全に夢の中へ逃げた私は、瑛真がどんな顔をしていたかは見ることはできなかった。

瀬織建設に出社するようになって二週間が経過した。

デスクに詰まれた書類と睨めっこしている瑛真と、同じく副社長室で資料の整理をしている柏原さんにコーヒーを出す。

瑛真はもちろんのこと、柏原さんも一級建築士の資格を保有しているそうだ。彼のスペックの高さに改めて驚かされる。

柏原さんの向かいに腰を下ろして資料を眺めていると、「興味が湧きましたか？」と、真面目な顔で聞かれた。

「いえ。私には難しすぎて無理です。ここの秘書の方たちは、みんな資格を持っているんですか？」

「そんなことはありません。それに、一般的に建築士の資格は、建築設計事務所に就職する際にはあまり必要とされないんですよ」

「そうなんですか？　それならどうして柏原さんは持っているんですか？」

「当初、私は独立したいと考えていました。ここで働きながら学ばせてもらおうと思っていたわけです。ですが副社長の下で働かせていただいているうちに、私は設計士には向いていないと感じて、こうして秘書として働かせてもらっているのです」

「どうして向いていないと思ったんですか？」

「どうも図面を引いていると眠たくなってくるんです」

「冗談ですよね？」

「本当ですよ」

どこまで信じていいのか分からないけれど、柏原さんにも事情があるのだろう。

「美和様は、介護職が自身に向いていると思いますか？」

「向いているかどうかは分かりませんが、とても好きな仕事です」

「介護職の待遇はあまりよくないと聞いています。離職率もかなり高い。それなのに、迷うことなく好きな仕事と仰れるのはすごいことだと思います。美和様はお若いのにしっかりしていらっしゃる」

「やめてくださいよ。それに前から思っていたんですけど、柏原さんに様付けで呼ばれるなんて恐縮です。普通にしてくださいよ」

「副社長の大切なお方ですので、それは無理ですね」

「そんなぁ」

最近では柏原さんともだいぶ打ち解けた。

和やかに会話をしていると、疲れた顔をした瑛真が「うーん」と伸びをした。

「ごめん。うるさかった？」

「ん？　いや？」

瑛真は椅子の背に体重を預けて小さな息を吐き、「少し出てくる」と立ち上がる。

煙草を吸いに行くのだろう。

柏原さんは私に目配せをしてから、瑛真の後に続いて出ていった。

どんな状況でも、瑛真は私が男性とふたりきりになるのを快く思わないから気を使ってくれたのだろう。

そんなに信用できないのかな……。

でも、創一郎さんの一件で心配をかけているので、引け目があってなにも言えない。

ふたりが席を外しているうちにお手洗いへ行って廊下を歩いていると、運悪く創一郎さんと出くわしてしまった。

すれ違いざまに「こんにちは」と頭を下げると、「ちょうどよかった」と呼び止められた。

またか、と運の悪さを呪いたくなる。

「美和さんに話しておきたいことがあったんだ」

「なんでしょうか？」

「まやかさんのことなんだけど」

ぐいっと間合いを詰めて、彼が声を潜めた。

「彼女が瑛真に未練があるのは気づいたよね？」

顔を合わせれば色恋沙汰の話ばかりで本当に嫌になる。

冷ややかな顔で「はい」と答える。

こうも不快になる話をしてくる彼には、もういい顔なんてしなくていいと思った。

「ふたりにも会社にとっても、彼らが結婚する方がいいっていうのは分かっている？」

会社に有益なのは分かる。でも、ふたりにとって、というのは？

訝しげに創一郎さんを見つめると、裏がありそうな笑顔で返された。

「俺にもよく分からないけど、瑛真は美和さんに恩があるそうだ。だから美和さんのことを無下にすることができないらしい」

一体なんの話をしているの……？

「だから本当はまやかさんのことが好きだけど、律儀に約束を守るために、美和さんとの婚約を受け入れているんだよ」

そんな話を信じろというの？

目を細めてあからさまに睨みつけた。創一郎さんは肩をすくめる。

「信じられないかもしれないけど本当の話だよ。まあ、そのうち分かるよ」

意味ありげに微笑む顔に、背筋に冷たいものが走った。

「嫌になったらいつでも俺のところへおいで」

彼と話していると、なにが本当でなにが嘘なのかが分からなくなる。それに瑛真を好きな気持ちが大きくなっている分、今までよりも受けるダメージが大きい。

「瀬織専務」

不意にかけられた声にふたり揃って振り返る。

無表情の柏原さんが「なにか御用ですか？」とすぐに私の横に並んだ。

助かった……。

「いえ、世間話をしていただけですよ」

「そうですか。美和様お待たせしました」

「あ、はい」

柏原さんに促され、足早に副社長室へ戻った。

「瑛真は？」

「通話中です。お話の邪魔になるので先に戻ってきました」

「そうですか」

ほっと息をつく。

そんな私を見ていた柏原さんが、厳しい顔をして聞いてきた。

「専務になにか言われましたか？」

こういう時、上手くかわせない自分を情けなく思う。

笑ってごまかしていると、「美和様」と圧をかけられてしまった。

柏原さんってたまに怖いんだよなぁ。

「本当になんでもないですよ」

顔の前で手をひらひらと振っていたところへ瑛真が戻ってきた。

扉を開けるなり私たちを凝視して、「変わりはないか？」と聞いてくる。

相手が柏原さんでこれだ。創一郎さんとふたりで話していたところを見られていたら、また一騒動になっていたかもしれない。

ここは職場だから瑛真の手を煩わせたくない。柏原さんも告げ口をする様子はなさそうだ。

「美和に見てもらいたいものがある」

瑛真がデスクに広げたのは大きな図面だった。

「これは?」

「建設予定の駅だ」

今まで見せてきてもらったものとは、比べものにならないくらい複雑だった。

「どんなことでもいい。美和の意見が聞きたい」

工事の規模にかかわらず、瑛真はこうして私に意見を求めてくる。図面はほとんど完成に近いものだから、私が発言することは基本的にないのだけれど、それでもたまに些細な点が気になって考えを述べていた。私のような素人がプロに意見するなんて恥ずかしいけれど、瑛真はどんな言葉でも真剣に耳を傾けてくれる。

「ここの通路はもっと広くできないの?」

遠慮がちに人差し指で図面の一部に触れた。

「車椅子は通れるように計算されているのかもしれないけど、この通路幅では介助者が付き添うのは厳しいかもしれない。車椅子の人がひとりで駅を利用することなんて限られているはずだし、誰かしら付き添い人がいると思う」

「なるほど。そこまで気が回らなかった。ありがとう」

瑛真は頷いた後、優しい笑みを浮かべた。

お礼を言われるようなことしてないんだけどな。

それでもやっぱり嬉しく思う。

こういう些細なことの積み重ねで、瑛真への気持ちがどんどん大きくなっていく。

でも、それと比例して黒い感情も膨らんでいくことにも気づいている。

「顔色がよくないな」

伸びてきた長い指に、頬をそっと撫でられた。

過保護な瑛真とずっと過ごしていたら、いつか自分を甘やかしてしまいそうで怖くなる時がある。

瑛真は私の堅実的な部分に好感を持ってくれていた。だからそれは失わないようにしなければならない。

自分というものをしっかりと持って、今以上に自信を失わないようにしなければ、これからも一緒に過ごすことは到底できないと思う。

周りの言うことに惑わされていないで、瑛真のことを信じよう。

心の距離

瑛真と気持ちが通じ合ってからというもの、公私ともに一緒にいられる贅沢で幸せな日々を過ごしていた。それなのにどういうわけか、いつも通り柏原さんの運転する車でマンションに帰宅している途中、突然、『もう会社に来なくてもいい』と言われてしまった。

まだ包帯で固定をしているし、どうしてかと理由を尋ねたけれど、急な仕事が入ったために会議や外出の機会が増えるので、私に頼むことがほとんどないからだと説明を受けただけ。柏原さんも特に変わった反応は示さなかったし、最初はそれを鵜呑《うの》みにしていたけれど、四日連続で早い時間に帰宅する瑛真を見ていたら、本当に忙しいのかと疑念を抱いてしまう。

私と片時も離れたくないという態度は一体どこへ行ってしまったのか。

もしかして四六時中一緒にいることに耐えられなくなったとか？　少しはひとりの時間が欲しいと思ったのかな……。

時間が有り余っているせいで、よくないことばかり考えてしまっている。

だけど瑛真とは毎日一緒のベッドで眠っているし、行ってらっしゃいのキスもしている。家の中では今までと変わった様子はまるでないのに、それとなく追及しようとするものなら、強引な抱擁でごまかそうとする。まだ身体の関係は持っていないからこそ、抱きしめられるたびに今日こそ一線を越えてしまうんじゃないかと正常心を保てなくなり、私の疑念もうやむやになってしまう。

あれ？　もしかしてそれを見越してああいうことをしてくるの？

やっぱりなにか隠していることがあるのかな……。

今の私にできることといえば、家事を完璧にこなし、瑛真の包帯を綺麗に巻くことだけ。

最近は帰宅したらすぐに包帯を解くので、固定する時間もだいぶ短くなってきた。

週明けの月曜に石原さんが来る。もしかしたらそこで、今後固定は必要ないと判断されるかもしれない。そうしたらリハビリに進むわけだけど、私に手伝えることはあるのかな。

交わした契約は二カ月間。あと約一カ月、このまま家政婦のように過ごすのはさすがに嫌だ。

私はこれからどうすればいいのだろう。

結婚しようと言ってくれたし、てっきり瑛真のことだから、ふたりの気持ちが通じ合ったらすぐにでも一緒に暮らそうと言ってくれると思っていたのに、今日まで待ち望んでいる言葉はもらえずにいる。

やっぱり待っているだけじゃダメよね。仕事の件も含めて、一度きちんと話し合わなくちゃ。

柔らかな陽射しが差し込むリビングで、立ったまま気合いを込めた拳《こぶし》を両手に作っていると、テーブルに置いてあった携帯電話が着信音を響かせた。発信元は瑛真だ。

「もしもし？」

《美和、申し訳ないんだが、急に必要になった書類があるんだ。部屋に置いてあるから会社へ届けてもらえるか？》

小走りで瑛真の部屋に向かう。

パソコンの横に黒色の分厚いファイルが置かれていた。

「分かった。すぐに出るね」

《柏原を向かわせるよりタクシーを使った方が早いから、もうマンションまで手配してある。代金も支払ってあるから心配しなくていい》

「ええ⁉　私が家にいなかったらどうするつもりだったの？」
《……こんな真っ昼間にどこへ出かけようっていうんだ？》
声が少し低くなった。
「スーパーとか、いろいろあるでしょ」
《……まあいい。とにかく気をつけて来てくれ》
慌ただしく切られた携帯電話をスラックスのポケットへ突っ込み、いつものショルダーバッグを肩からかけて、両腕で大事なファイルを胸に抱えて家を出た。

瀬織建設へひとりで向かうのは初めてだ。

緊張する……。

ビルの前でタクシーを降り、極力人の目に留まらぬよう、ファイルを落とさないようにしっかりと抱きかかえながら早歩きでエントランスを突っ切る。気持ちだけが焦って、途中何度かつまずいて転びそうになった。

副社長室があるフロアへエレベーターが到着し、ファイルを「よいしょっ」と言いながら持ち直して出る。

そこへ飛び込んできた光景に、頭がまっ白になって立ち止まった。

え……どうして？

瑛真の胸に顔を埋めて、ぴったりと身体をくっつけているまやかさん。彼女の背中には瑛真の手が添えられていた。

心臓が壊れそうなほど鳴っている。

まだ私の存在に気づいていないふたりに、静かに歩み寄った。

「瑛真」

私が声をかけるのと、瑛真が私の方へと顔を動かしたのはほぼ同時だった。

その驚きで大きく見開かれた目を、私は逸らさずに見つめた。

いつまでそのままでいるつもり？

私の鋭い視線を受けて、我に返った様子の瑛真がまやかさんの肩を押した。それでも彼女は瑛真の背中に腕を回し、離れることを拒んでいる。

この状況になっても抱きついたままだなんて信じられない。わざと見せつけているんだわ。

その証拠に、私を見るまやかさんの瞳は挑発的で自信に満ちていた。

卑下されたように感じ、彼女の瞳をこれ以上見ることができなくて瑛真へと視線を戻す。

「どういうこと？」

聞いても瑛真は顔を強張らせたまま口を開かない。

私がここへやってくることが分かっているのに、どうして？　――どうしてなにも言ってくれないの？

「美和」

瑛真がまやかさんの腕をやんわりと解いて、私へ歩み寄ろうとした時、

「瑛真さん」

まやかさんの声に、ビクッと揺れた足はそのまま動かなくなってしまった。

私よりもまやかさんを気にかけるっていうの？

ショックで心が張り裂けそうだ。

「これ」

分厚いファイルを突き出すと、瑛真は「ありがとう」と言って受け取った。

「急な打ち合わせが入って、これがどうしても必要になったんだ。助かったよ」

私へのフォローの言葉はひとつも出てこないのに、こんなどうでもいいことはスラスラと言えるのね。

どんどん心が冷えていく。立っているのがやっとだった。

「瑛真さん、そろそろ行かないと」

まやかさんが瑛真の腕を引く。

簡単に触れさせないで。婚約者は私なのに。

「……今夜は遅くなる」

どうして遅くなるのか詳しくは教えてくれないの？

悲痛な気持ちで瑛真を見つめても、今朝触れたばかりの唇からはやっぱり言葉は出てこなかった。

ダメだ……泣きそう。

でも、まやかさんの前で泣くことだけは絶対にしたくない。

震える唇を開き、「失礼します」と告げると、私は背筋を伸ばしてふたりに背を向ける。

「美和！」

瑛真の声に足が止まる。

「帰りもタクシーで……」

そんなこと言ってほしいわけじゃない。

余計に惨めな思いにさせられて、唇をきつく噛みしめた。

幸いにもエレベーターの扉はすぐに開き、私を彼らから遠ざけてくれた。

たったひと言でいい。安心できる言葉が欲しかった。

些細な変化にも気づいてしまう彼だから、私が傷ついていたのは絶対に分かったはず。それなのになにも言ってくれなかった。

涙が止まらなくて視界がぼやけている。

こんなに泣いていたら周りに何事かと思われるわ。

まだ失っていない理性を奮い立たせて、トイレへと駆け込んだ。

休憩時間でもない社内のトイレは閑散としていて、吐き出すように涙を流すには、十分すぎるくらいに寂しい空間だった。


腫れた目のまま電車に乗る勇気がなかったので、悔しいけれど瑛真に言われた通りタクシーで帰宅した。

頭がひどく混乱している。誰かに聞いてもらいたいけれど、私たちの事情を知っている人間なんて創一郎さんしか思い浮かばない。

柏原さんに相談してみる？　でも、相談できるほどの間柄ではないし……。

やっぱり本人にぶつけるのが一番な気がした。

ソファに埋めていた重い身体を起こしてキッチンに向かう。

遅くなると言っていたけど、夕ご飯はどうするつもりなのだろう。

作ったところで食べるかも分からない、まやかさんと一緒にいる瑛真のために、食事を用意しなければならないなんてひどい仕打ちだわ。

シンクの上に両手をついてうなだれる。身につけた生成り色のエプロンをじっと見つめた。

もしかして、なんの取り柄もない平凡な見た目の私に、女としての魅力を感じなくなってしまった？　花柄とか、もっと上品なエプロンが似合う人がよくなった？　それとも、もともと私のことなんて好きじゃなかった？

そこまで考えを巡らせて、かぶりを振った。

創一郎さんが余計なことを言うから、こんな馬鹿げたことを考えてしまうんだわ。

包丁を握りしめたままキッチンで立ち尽くしていると、ダイニングテーブルに置いてあった携帯電話が鳴った。

瑛真だったらどうしよう。どんな態度で出ればいいの？

感情がまとまらないまま携帯電話を手にすると、そこには知らない番号が表示されていた。

「誰？」

いつもなら無視をするけれど、もしかしたら瀬織建設に関わる人物からの緊急連絡かと思い、緊張しながら通話に切り替えた。

「はい」

《あ、美和さん？》

この声は……。

《創一郎です。いきなりごめんね。ちょっといいかな？》

「どうして番号を知っているんですか？」

《どうしてだと思う？》

「ふざけていないで、真面目に話してください」

《怖いなぁ。そんなに怒らないでよ》

少しも悪びれていない態度に溜め息しか出てこない。どうせ追及しても上手くはぐらかされるだろうと思い、早く会話を終わらせようと話を進める。

「どういったご用件でしょうか」

《冷たいなぁ。美和さんのことが心配で電話したのに》

「心配？」

《そう。会社でまやかさんに会ったそうだね》
「どうしてそれを？」
《さっきふたりから聞いたんだ。あまりよろしくない場面を見られてしまったってね》
ふたりの言葉？　瑛真までもがそう言ったの？
創一郎さんの言葉に耳を傾けてはいけないと頭では分かっているのに、心がそうはさせてくれない。
だって、瑛真が語ってくれない事情を、この人は知っているかもしれないから。
「どうしてふたりは、その話を創一郎さんにしたのでしょうか？」
《俺がキミのことを好きだと知っているからじゃないかな》
いつもと変わりない口調で言う。そこには少しも愛情なんて感じられなかった。
「創一郎さんが私を好きだというのは嘘ですよね。そんな言葉を鵜呑みにするほど純情ではありません」
《ひどいなぁ》
「どうして私に突っかかってくるのか、本当のことを教えてください」
《うーん。どうしたら信用してもらえるのかな》

彼と話しているといつもこうだ。話が堂々巡りで一向に進まない。
「聞き方を変えます。瑛真を敵対視するのはどうしてですか？」
《――そりゃあ従兄弟だし、会社では上司なわけだし、多少は意識しているよ？　でも敵対視って言葉はどうかな》
僅かに生まれた間に確信した。彼の標的は私ではなく瑛真だ。
《この話、電話ですることじゃないよね》
「電話してきたのはそちらです」
《うん、だから、美和さんちょっと外に出ない？》
「まだやることがありますので」
《そうなの？　瑛真は今日帰れないと思うけどなぁ》
なにげない言葉に息が詰まる。
遅くなるとは言われたけど、今夜は帰ってこられないの？　それは仕事で？　それともまやかさんと一緒だから？
《ね？　だから、俺とご飯に行こうよ》
「せっかくですがお断りします」
電話の向こう側から溜め息が聞こえた。

溜め息をつきたいのはこっちよ。

《分かったよ。ただ本当に、困ったりつらくなったら俺を頼って》

「ありがとうございます。お気持ちだけで十分です」

私の反抗的な態度にさすがに呆れたのだろう。乾いた笑い声と共に通話は切れた。

「口が上手い人だわ」

それでも、なんの言葉もくれない瑛真と比べたら、嘘でも気遣いの言葉をくれた創一郎さんに好感が持てた。

罠に嵌《は》められているかもしれないのに、どうしても彼の好意の全てが嘘だと思えないのは、私が甘ったれているからなのかな。

ますます頭がこんがらがって、キャベツを千切りにしていた時に指先を切ってしまった。


夕食の支度を終え、シャワーを済ませ、傷口に貼った絆創膏を新しいものに張り替えても、瑛真は帰ってこなかった。

時刻は二十三時を回っている。

一緒に暮らし始めてから、こんなにも遅くなることは一度もなかった。包帯を巻き直さないといけないので、仕事が残っていても、家に持ち帰っていたからだ。

不安な気持ちが膨れ上がっていく。

結局、瑛真が帰ってきたのは深夜二時を過ぎた頃だった。

リビングのソファで体育座りをしている私を見て、瑛真は目を丸くした。

「まだ起きていたのか」

それはないんじゃない？　ここまで遅くなるのなら連絡を入れるべきよ。

「ご飯、さすがにいらないわよね？」

「すまない。明日にでも食べ……」

「無理しなくていいわ」

まだ喋っているところを遮って、ダイニングテーブルに並べてあった皿を片付けていく。

申し訳なさそうにするくらいなら、最初からもう少し気を回してほしかった。

ひとつの皿を手に取った瑛真に、

「包帯を巻かなくちゃいけないでしょ？　手伝わなくていいからシャワーを浴びてきて」

冷たく言い放った。

すごすごと廊下へ向かう瑛真の身体から、ふわりと香水の匂いがした。

瑛真がいつもつけている香水じゃない。確か、これはまやかさんのものだと思う。

普段香水の匂いを嗅ぐ機会なんてそうないから、記憶に残りやすいのだ。

……匂いが移るほど密着していたってこと？

皿を持つ手が震えた。

指を切りながらもなんとか用意をした夕食を、生ごみ処理機の中へ落としていく。もったいない。でも、自分で食べる気にはなれなかった。それに、ただでさえここ最近は食欲が落ちている。

だから嫌だったのに。心を許した後に裏切られて傷つきたくなんてない。そう思っていたから慎重になっていたのに。

目の縁に涙がじわりと滲む。手の甲で強くこすると、頬になにかの液体が付着した。匂いからするに料理から出た汁だと思う。皿についていたのを、気づかぬうちに手で触ってしまったのだろう。

どこにもぶつけられない苛立ちが、無性に虚しさを煽った。

瑛真はお酒を飲んでも顔に出ないので、彼が酔っているのかどうかは分からない。

シャワーを浴びたことで、外から持って帰ってきた匂いも全て消えてしまった。

詮索するようなことはしたくないのに。

どんどん自分というものを見失っていく。

「明日はお休みなの？」

「いや、明日も仕事がある」

それなのにこんなに夜更かしをして大丈夫なのかな。

話をしたかったけれど、早く寝かせてあげたい気持ちの方が勝った。

「明日も遅くなる？」

「いや……たぶん、早く帰れると思う」

「分かった。大事な話があるから聞いてもらえる？」

瞳を覗き込むと、綺麗な黒目が揺れていた。

いつも自信に満ち溢れて、深い愛情を注いでくれた彼はここにいない。

胸がぎゅうっと圧迫されたように痛くなった。

「分かった。できる限り早く帰るようにする」

「約束ね」

短い会話を交わして、私たちは同じベッドに横になる。

今朝ここで目覚めた時は幸せだったのに……。

瑛真は一緒に寝るようになってから欠かしたことのないおやすみのキスをして、壊れものに触れる手つきで私を抱きしめた。

彼の温もりに触れてほんの少しだけほっとする。

私は流されるままに、瑛真の逞しい胸に頬を寄せて眠りについた。


翌朝、目が覚めると、隣の温もりがなくなっていた。

瑛真が私より先に起きることはほとんどない。

胸騒ぎがして飛び込むようにリビングへ入ると、部屋着のままキッチンで立ち尽くしている瑛真がいた。

「おはよう……どうしたの?」

「おはよう。いや、昨日のご飯を食べようと思ったんだが……」

「捨てたわよ」

もったいないとは思ったが、深夜まで出しっぱなしにしていたので食中毒が心配だった。

「そうか。すまなかった」

瑛真は申し訳なさそうに額に手をやって、きまりの悪い顔を隠している。

「すぐ出るの？　時間があるなら朝ご飯作るけど」

瑛真の謝罪を素直に受け入れることができず淡々と言う。

「頼む」

私は頷き返して、慌ただしく洗面所で顔を洗ってから、すぐに準備に取りかかった。

サンドイッチと濃いめのブラックコーヒーをダイニングテーブルへ置く。

経済新聞を読んでいた瑛真は、すぐに顔を上げてほころばせた。

「ありがとう。美和は食べないのか？」

「最近食欲がないの」

「……少し痩せたか？　どこか体調が悪いのか？」

「大丈夫よ」

瑛真はなにか言いたそうだったけれど、それ以上詮索はしてこなかった。

カフェオレを入れたマグカップを持って、瑛真の向かいに腰かける。

「最近変わったことはなかったか？」

「スーパーの野菜が値上がりしたけど」

「そうか」

瑛真はおかしそうに笑う。

「他には？」

「んー、特には」

創一郎さんからの電話について話そうかとも思ったけれどやめておいた。必要があれば今夜話せばいい。

身支度を手伝って、玄関まで見送りに行く。

「行ってくる」

触れるだけのキスをして瑛真は出ていった。

昨日、あんなことがあったというのに、家にいる時の瑛真はどこまでも普通だ。

それなら、彼が外でなにをしていようと私が気づくはずがない。


今日はおばあちゃんの施設に行こうと前々から決めていたので、瑛真を見送ってからすぐに身支度を済ませて家を出る。

電車を乗り継いで施設に着くと、おばあちゃんの部屋の扉は珍しく閉じられていて、ノックをしても返事がなかった。

「おばあちゃん？　入るよ？」

もしかして寝ているのかな、と思い、ゆっくりと扉をスライドさせる。

すると、おばあちゃんはリクライニングベッドを起こした状態で窓外を眺めていた。

「おばあちゃん？」

近付いて声をかけると、ようやく私の存在に気づいたようで、驚いた顔の後に朗らかな笑みを浮かべた。

「いらっしゃい」

「日向ぼっこしていたの？」

「そうだねぇ」

おばあちゃんは目を細めてまた窓外を見やる。

「そういえば、優作さんの夢を見たよ」

そう言うおばあちゃんの顔には、ふわっと花が咲いたような笑みが浮かんでいた。

おばあちゃん、本当におじいちゃんのこと大好きなんだなぁ。

「ねえ、おばあちゃん。あの家でまた私と一緒に暮らさない？」

唐突の申し出におばあちゃんは何度か瞬きをして、それから静かに首を横に振った。

「美和の気持ちは嬉しいけど、おばあちゃんはここで十分だよ」

「でも」

「それにね、あの家は思い出がたくさんありすぎて、おばあちゃんにはちょっと刺激が強すぎるねぇ」

そっか……そうなんだ。

頭をガツンと鈍器で殴られたかのような衝撃だった。

勝手におばあちゃんはあの家に戻りたがっていると決めつけていた。そのために転職をしようとか、思い上がっていた自分が恥ずかしくなる。

「おばあちゃんが死んだら、あの家の処分をお願いね」

「え、ちょっと待ってよ」

取り壊すだなんて、そんなの絶対に嫌だ。

「美和」

おばあちゃんの諭すような声に胸が震えた。

「古いものは朽ちて新しいものが育たないと、世の中は回っていかないんだよ」

「でも、あの家は本家だし……」

「階段の板が軋んでいるところもあるし、雨漏りもしている。あんなボロ家、大きな地震でも起きてごらんなさい。家も住人もぺちゃんこだよ。それに、瑛真くんと結婚するんでしょう？　おばあちゃんのことはいいから、幸せになりなさい」

急に感情が込み上げた。止める暇もなく涙が溢れ出てくる。

「式の準備は進んでいるのかい？」

涙を拭いながら首を振る。

「瑛真くんは仕事が忙しいのかねぇ」

私を気遣う声音に、もっとしっかりしなくちゃ、と気持ちが奮い立たされる。

「まだ婚約したばかりだもの。これからよ」

「そうだねぇ。おばあちゃん楽しみで仕方がないんだよ」

おばあちゃんは安堵の笑みを浮かべてベッドに深く背を預ける。

私は胸に感じる痛みから目を背けて、笑顔を作った。

隠された想い

おばあちゃんと話したことで気づいたことがある。

それは、あの屋敷で一緒に暮らすことがおばあちゃんの幸せだと思っていたけれど、本当のところは自分があの家に戻りたいだけだったんだ。

おばあちゃんの言葉が脳内で繰り返し流れるたびに、胸を踏み潰されたように苦しくなる。

久しぶりに帰ってきたアパートの部屋は、少し離れていただけなのに自分の部屋じゃないような違和感があった。

瑛真の家が居心地よすぎるのよね。

窓を開けて換気をする。

本当は、ひとり暮らしを始めた時から自分の気持ちに気づいていた。

ひとりでの暮らしは寂しくて、誰かの温もりに触れていたいと思っていたんだ。

十月になり、日に日に冷たさを増した風が部屋に入り込んできて、胸にある寂しさと切なさを増長させた。

自宅から持ち出したスーツとパンプスを持っての移動は、なかなかに大変だった。

転職活動に向けて新しく購入した、無地の濃いグレーのスーツだ。白いブラウスと合わせて大きな紙袋に入れているのだけど、皺ができないか心配で先ほどから何度も袋に目を落としている。

もう片方の手にも、黒のパンプスを入れた紙袋を持っている。

たいして重くもないのに、最近は車移動が多かったせいかすぐに疲れてしまう。

慣れって怖いなぁ。筋力も落ちている気がするし、今晩から筋トレでも始めようかな。

立ち止まって「よいしょ」と、袋を持ち直す。

最寄り駅から瑛真のマンションに向かっていると、進行方向から黒いセダンが徐行運転でやってきた。

おかしな速度だな、と警戒して道の脇に寄る。すると、バッグの中から携帯電話の着信音が鳴り響いた。

両手が塞がっているので取ることができない。

靴が入っている紙袋を地面に置こうかと迷っていると、停車した車から背の高い男性が降りてきた。耳に携帯電話を当てている姿を見て、「え」と呆気に取られる。

彼が携帯電話を操作すると、バッグから流れていた音がピタリとやんだ。

こんな場所にまでやってくるなんて、ストーカーと疑われて通報されても仕方ないレベルよ？

「よかった。すれ違いにならなくて」

創一郎さんは微笑んだ。

「暇なんですか？」

「美和さんを落とすのに忙しいよ」

ふーっと長い溜め息が漏れる。

創一郎さんは笑い声交じりに、「とことん嫌われたなぁ」と呟いた。

「用がないなら帰らせてもらいます」

「マンションに戻ったところで、どうせひとりなんでしょ？」

「どうせ、ってなんですか」

「だって瑛真は今日もまやかさんと会っているし」

「え？」

「あれ？　聞いてない？　って、言うわけないか」

仕事じゃないってこと？　……ううん。昨日だって会社にまやかさんといたわけだし、きっと仕事の用事で会っているだけなんだわ。

創一郎さんは策士だから、私が誤解するようにわざと曖昧に言っているのよ。

「ひとりでもやらなくてはいけないことはたくさんあるんです。本当に失礼しますね」

「ごめんごめん。そんなに怒らないでよ」

だったら怒らせるようなことばかり言わないでほしい。

「美和さん、本当に知らないの？」

私の前に立ちはだかった背の高い彼は、今度はとても落ち着いた声を出した。

神妙な口ぶりに心臓の不快音が大きくなっていく。

「……瑛真は仕事だと言っていました。私は彼の言葉を信じます」

考え込むように黙ってしまった創一郎さんは、しばらくして大きな嘆息をこぼした。

「瑛真に、まやかさんが好きだと直接言われたらどうするつもり？　その強気な態度で言いくるめて、自分の意思に従わせるの？」

彼の目には、私はそんなにも強情な女に映っているのか。

「好きな人の幸せが、自分の幸せだとは思わない？」

「意外です。創一郎さんがそんな綺麗事を言うとは思ってもいませんでした」

「ははっ」

癇《かん》に障る笑い方だった。

「そうですね。瑛真の幸せな姿を見たいと思いますけど、まやかさんが瑛真を幸せにできるとは限りません」

はっきり言って彼女によい印象は持っていない。それに、まやかさんは瑛真の優しさを悪用しかねない。加えて腹黒いベリアの社長がもれなくついてくる。

会社に有益だと自ら言ったものの、本当にそれが瑛真のためになると思っていたわけではない。

「キミはまやかさんのことをなにも知らないだろう」

低い、押しつけられたような声。

初めて創一郎さんの感情に触れた気がした。

「……知りませんけど、そう見えたんです」

「まやかさんは瑛真のことがずっと好きで、好かれるためにたくさんの努力をしてきた。なにもしないで許婚という立場に甘えているキミよりよっぽどいいと思う」

これもまた意外だった。こんな簡単に本音を吐き出すなんて。

「ということは、創一郎さんは、私よりまやかさんの方に好感を持っているんですね？」

「は？」

「今そう言ったじゃないですか」

「そんなことはひと言も……」

明らかに動揺している姿に、もしかして、と思う。

「創一郎さんって、まやかさんのことが好きなんですか？」

「だから、さっきからなにを言っているんだい？」

これ以上追及しなくても答えは出ているような気がした。

「とにかく、ちょっとついてきて」

いきなり手から荷物をかっさらわれて、車へと腕を引かれる。

「どこに行くんですか⁉　これ、拉致《らち》ですよ⁉」

大声を出して必死に抵抗をしたけれど、運悪く通行人はひとりもやってこない。力で男性に敵うはずもなく、かなり強引に車の助手席へ押し込まれた。慌てて出ようとしても、内側から出られないようにロックされている。

そうこうしているうちに創一郎さんが運転席に回り込んだ。

「瑛真とまやかさんのところ。自分の目で確かめてみればいいよ」

体温が一気に下がっていくのを感じた。

本当にふたりのもとに連れていかれるの？　それって会社？　それとも——。

「髪を下ろすと雰囲気変わるね。いつもより柔らかい感じがする」

車を発進させた創一郎さんは、緊張感もなく呑気に会話を始める。

瀬織建設へ出社する時は、介助がしやすいようにとパンツ姿だし、髪は邪魔にならないようにひとつにまとめている。その分休みの日はスカートが履きたくなる。今日はおばあちゃんに会うこともあって、ベージュのプリーツブラウスにパープルの膝丈フレアスカートという清楚な装いだ。

「スカートを履いて大人しくしていると、ちゃんとしたお嬢さんだね」

「嫌味ですか？」

「褒めているのに」

今のところ車は会社がある方角に向かって走っている。

いつも乗っている瑛真の車とは、当たり前だが乗り心地が違う。創一郎さんが握るハンドルの中心部にはＶＯＬＶＯの刻印が入っていた。

「素敵な車に乗っていらっしゃるんですね」

「車のこと分かるの？」

「多少は。それに、瑛真がＢＭＷとＶＯＬＶＯで迷ったと言っていましたから」

「へえ」

すっかりもとのポーカーフェイスに戻ってしまった。運転している横顔は澄ましていて、少し子憎たらしい。

「休みの日なのにスーツなんですね」

「さっきまで会社にいたからね」

「お疲れ様です」

「うん、ありがとう」

口の端を少しだけ持ち上げて微笑んだ。

困った人だけど、やっぱりカッコいいと思ってしまう自分が悲しい。

あれ？

ふと、彼の胸元に目を留める。

ネクタイピンに見覚えがあったからだ。これと同じものを瑛真がよくつけている。

そのことを知っているか聞いてみようとしたけれど、また余計な火種を増やしてしまうかもしれないと思い直し、口を噤んだ。

意識して見てみれば、袖から覗く時計も瑛真が愛用しているブランドと一緒だった。

偶然？　だとしたら趣味がとても似ている。

「創一郎さんはお酒だとなにが好きですか？」

「残念だけどお酒はあまり飲めないんだ。急にどうしたんだい？　やっと俺に興味が湧いてきた？」

「いえ、特には」

創一郎さんは肩を揺らしておかしそうに笑った。

そっか。そこは似ていないのね。

彼の空気感に取り込まれてすっかり緊張感をなくしていたところで、車が会社とは違う方角へ向かい始めた。

「もうすぐだよ」

言葉通り、ほどなくして車は趣のある料亭の駐車場へと入っていく。

「ここ……？」

「美和さんは来たことない？」

「ないです」

料亭にいるということは、食事をしているの？　仕事の合間に？　それとも商談中とか？

まさか、デートなわけがないよね……？

たくさんの思いがないまぜになって呼吸が安定しない。緊張でいつもより歩く速度が落ちている私に、創一郎さんはごく自然な所作で手を差し出してきた。

「だ、大丈夫です」

「全然大丈夫そうに見えないよ？」

クスクス笑いながら私の手を取った。

不本意ながら、ほっと息をついてしまう。

出迎えてくれたのは、着物に身を包んだ女性だった。このお店の女将さんだろうか。年の頃は私の母親とそう変わらないように見受けられる。

「瑛真が来ていると思うんだけど、同じ部屋に通してもらえないかな」

「かしこまりました。確認して参りますので、こちらで少しお待ちください」

頭を下げた女将さんが、奥へと消えていくのを見届けてから首を傾げた。

「随分と親しいのですね？」

「瀬織の人間が、昔からお世話になっているお店だからね」

「そうなんですか……」

それにしても、いきなり押しかけて大丈夫なの？　いや、大丈夫なはずがないよね？

自分でも情けないくらいにおろおろとしているのは自覚している。そんな私を創一郎さんは物珍しげに観察している。

「ふーん。瑛真はこういうタイプがいいのか」

「はい？」

「いや、こっちの話。あ、案内してもらえるみたいだよ」

創一郎さんの手にぐいっと引っ張られた。

「あの！　もう大丈夫ですので！」

「いいから」

よくない！

振り払おうとしてもびくともしない。

これじゃあ誤解されちゃうよ……！

あれよあれよという間に座敷の一室に通されて、向かい合っている瑛真とまやかさんの前に突き出された。

掘りごたつになっている個室は六人掛けで、ダウンライト照明が使われていてほのかに薄暗い。瑛真とまやかさんは向き合って座っていた。

瑛真は今朝と同じチャコールグレーのピンストライプスーツを着ていて、珍しくネクタイをしていない。まやかさんはオフホワイトの可愛らしいデザインのトップスに、シンプルなネイビーのパンツを合わせていた。

堅苦しさはなく、くだけた雰囲気が感じられるふたりの姿を見て、ぷつりと思考が停止してしまった。

ぼーっと突っ立っていると、瑛真が恐ろしい剣幕で立ち上がる。

「どういうことだ？」

「もうそろそろはっきりさせようよ」

創一郎さんは変わらず飄々《ひょうひょう》としている。

まやかさんは座ったまま、少し上の方を向いて一点を見つめていた。

どうしたのだろうと彼女の視線を辿ったところで、私と創一郎さんが手を繋いでいるのを凝視しているのだと気づいた。

……最悪だわ。

手を振り払おうとしても、相変わらず強い力で解放してくれない。

私の動きに反応した瑛真が、地を這う声を出して、私たちの手を引き離した。

「もういい。お遊びに付き合うのはここまでだ。美和から離れろ」

やっと解放された手のひらは汗ばんでいた。

「瑛真さん?」

柔らかな声音とは対照的に、まやかさんの瞳には怒りの色が見えた。

瑛真は温度を感じさせない、冷ややかな瞳でまやかさんを見返す。

「なんだ」

チリッと、火花が飛び散ったような空気が漂った。

「美和を傷つけないようにするためだったのに、結局こうして巻き込んでいる。せっかくまやかの我儘に付き合ったのに、なんの意味もなかったよ」

「……ひどいこと言うのね」

まやかさんの綺麗な顔がぐしゃっと苦痛に歪んだ。

「創一郎。おまえもおまえだ。いつまでこんなくだらないことを続ける気だ?」

「くだらないこと?」

「俺の真似事はもうやめろ」

創一郎さんは一瞬にして憎悪に満ちた顔になった。

あのポーカーフェイスの創一郎さんが……。

「形までならまだいい。でも、気持ちまでは真似できるものではないだろう」

「なにを自惚れたことを言っているんだ?」

「事実だ」

創一郎さんの頬がピクッと痙攣《けいれん》したのが見て取れた。

「まやかにいいように利用されて、情けなくないのか？」

「おまえになにが分かるんだよ」

「ああ、さっぱり分からない」

緊迫した雰囲気が怖くなって瑛真の背に隠れた。

どうしよう。

三人の会話の意味は全然分からないけど、これって私が原因だったりするの？

「喧嘩はよそでやってちょうだい。野蛮なのは嫌いだわ」

まやかさんの一声で、創一郎さんの表情が情けないものに変わった。

「まるでまやかの犬だな」

「ちょっと瑛真！　言いすぎだよ！」

さすがに聞き捨てならない。

私が怒ると、今度は瑛真がきまり悪そうにする。

「どういうことか、私にも教えて」

この場にいる全員に向けて言うと、各々まったく違う感情を顔に浮かべて席に着いた。まやかさんの隣に創一郎さんが座り、その正面に私、横に瑛真といった形でテーブルを囲む。

ふたりはすでに食事を済ませたようで、湯呑みが置いてあるだけだった。私と創一郎さんの分の湯呑みもいつの間にか用意されている。部屋に案内された際に女将さんが置いていってくれたのだろう。

まだ心臓は嫌な音を立てているけれど、状況が判断できるくらいには落ち着きを取り戻している。

「……さて、どこから話そうか」

瑛真が気怠そうに胡坐《あぐら》をかいた。それを見て創一郎さんも足を崩す。

「私から話すことなんてないわ。美和さんには、瑛真さんのことが好きだと伝えてあるもの」

本人を目の前にして、なんと堂々とした人なんだろうと感心してしまう。

「いつの間に美和と接触したんだ？」

瑛真が低い声で聞く。

「パーティーの時に少しだけ」

まやかさんの言葉を聞いて、瑛真は苛立ったように頭をかいた。

それきり誰も言葉を発しなかったので、今度は私が口を開く。

「私が聞きたいのは、どうしてこそこそふたりで会っているのか、ということ。それに、昨日抱き合っていたことについてもきちんと説明してほしい」

瑛真が身体ごと私へ向き直る。

「抱き合っていたわけではない。まやかが抱きついてきただけだ。あの時すぐに弁解しなかったのは、下手なことを言ってまやかを刺激しない方が、後々問題が起きないと思ったからだ。すまなかった」

「心外ね。拒絶しなかったのは昨日だけじゃないわ。ふたりきりの時は受け入れてくれるじゃない」

すかさず、まやかさんが抗議する。

受け入れる？　それって、昨日に限らず抱き合ったりしているってこと？　まさか、それ以上のことも？

真意を問おうと瑛真を見ると、優しい目が見つめ返してきた。

「嫌な思いをさせたよな……？」

素直に頷くと、瑛真は私の後頭部に右手を回し、自身の胸に押しつけた。

ふたりの前ということもあり、いつも以上に恥ずかしさで身体が熱くなる。

「ちょ、ちょっと⁉」

「本当に悪かった」

すぐに解放されて視界が開けると、冷ややかな表情をしたまやかさんと創一郎さんと目が合った。

うわっ……。穴があったら入りたいよ……。

気まずくなって、居住まいを正している時だった。

「もうっ！　なんなのよ！」

なんの前触れもなく激昂《げっこう》したまやかさんが、テーブルを凄まじい強さで叩いた。

あまりに突然のことに、呆然としてまやかさんを見つめる。

彼女は素早い動作で立ち上がったかと思うと、隣にいる創一郎さんにぶつかりながら、こちら側までやってきた。

「大人しい顔して当たり前のように瑛真さんに守られて！　あなたみたいな女が一番嫌いなのよ！　たいした後ろ盾もなければ、あなた自身にもなんの力もないくせに、瑛真さんの許婚？　ふざけるのもいい加減にしてくれる⁉」

ひと息に言って、顔を真っ赤にしたまやかさんは私に掴みかかろうとしてきた。

「きゃっ――」

恐怖から小さな悲鳴をあげると、すぐさま立ち上がった瑛真が、まやかさんの肩を掴んで押し退ける。

「まやか。いい加減にするのはおまえの方だ。おまえは美和がどういう人間かまったく理解していない。そして俺のこともな。俺は、誰の力も借りずともやっていける」

興奮状態のまやかさんは、今にも泣きそうな顔で歯を食いしばっている。

瑛真は彼女の肩に手を置いたまま続けた。

「まやかが俺を奪うために、美和に危害を加えようとしていたのは知っている。おまえを拒否しなかったのは、美和への執着を和らげ、美和を守るためだけだ」

それを聞いてハッとする。

私に危害が加えられようとしていた……？

まやかさんを見ると、彼女は強張った表情で目を逸らしていて、今の言葉が真実であることを物語っていた。

「そうだったの？　私を会社に同行させるのをやめたのも、そのためだったの？」

「ああ、すまない。なにがあっても美和は俺を信じてくれると思ったから。昨日も美和よりまやかを優先させてしまった」

瑛真がまやかさんから手を離して座る。まやかさんは完全に行き場を失って突っ立ったままだ。

「そんな回りくどいやり方をしなくても、それならそうって言ってくれればよかったじゃない」

正直に話してくれれば、私もまやかさんとの仲を疑って、不安になることなんかなかったのに。

「美和は気づいていないと思っていたんだ。自分へ向けられる敵意を知ることは、気分がよくないだろう？　どう説明すれば美和が傷つかないか考えていたんだ。ましてや俺が蒔《ま》いた種だし……」

瑛真が話している間に、創一郎さんが静かに立ち上がって、まやかさんの肩に両手を添えた。ビクッと肩を震わせたまやかさんは、創一郎さんと目を合わせてうなだれ、彼の手に引かれて席に戻った。

「それくらいのことで傷ついたりしないわ。瑛真は過保護なのよ」

「そうだな。すまなかった」

「それに、いつまでもごまかせることじゃないでしょ？」

「それはそうなんだが、まやかにはもうすぐ縁談の話がいく。ベリアの社長もかなり乗り気になっているから、それまでの辛抱《しんぼう》だと思っていた」

「縁談？」

まやかさんの顔が凍りついた。

「そうだ。パーティーの翌日に綾崎社長と会う機会があって、その時に俺から薦めておいた」

「どうしてそんなことを！」

まやかさんの悲痛な声が胸に突き刺さる。

瑛真の仕打ちはさすがにひどすぎる。

「瑛真、やっていいことと悪いことがあるわ」

咎めるように強い口調で言うと、瑛真は澄ました表情のまま大きく頷いた。

「そうだな。でも俺はこれが悪いことだとは思わない」

「瑛真、いい加減にしろよ」

ずっと黙って聞いていた創一郎さんが、怒りを込めて瑛真を睨みつける。

「おまえはいつもそうだ。自分がよければそれでいいと思っているんだろう」

「別にそんなふうには思っていない」

「瀬織建設の跡取りとして生まれ、たいした苦労もしないまま甘やかされて育てられ、欲しいものはなんでも手に入れてきたんだろう？　だからこんなひどいことが簡単にできるんだよ」

創一郎さんは、溜め込めていた鬱憤《うっぷん》を晴らすかのように言い放った。

同時に、私の中で糸が切れた音がした。

「勝手なこと言わないで。将来を約束された？　なにを言っているの？　生まれながらにして将来を決められている人間の気持ちが、創一郎さんには分かるの？」

急に声を低くした私に、瑛真までもが目を丸くしている。

その光景を眺めながら、自制のきかない溢れ出る想いを吐き出した。

「瑛真は誰よりも努力してきたわ。やりたいことも我慢して、諦めて、親に決められたことを忠実にこなして、常に周りの期待に応えてきた。そんな自由のない人生を送ってきた人間の気持ちが、あなたには分かるっていうの？」

私の剣幕に創一郎さんは黙ってしまう。

「私との婚約だってそう。瑛真は自分で婚約者を選んだわけじゃない。親に勝手に決められたのよ？　欲しいものが手に入る？　その逆よ。自分以外の誰かに不必要と判断されれば、二度と手に入らない。瑛真には瑛真にしか分からない苦しみがあるの。当事者でもないのに分かったような口を利かないで」

ひとしきり喋ってから我に返る。

やってしまった。かなり上からな態度を取っちゃった……。

「美和」

また、唐突に抱きすくめられた。

「もうっ！　またそうやって！」

場所をわきまえてよ！

「ありがとう。やっぱり美和は昔から俺の一番の味方だよ」

「……え？」

「まあ、そういうことだ。創一郎」

瑛真は私を解放して、手を繋ぎ直した。

「それに、ひどいことかどうかはじきに分かる」

創一郎さんは、なにか言いたいのを必死にこらえているといった感じだった。

「話はこれで終わりだ。俺たちは帰る」

「ちょっと待ってよ！　こんなの納得がいかないわ！」

まやかさんが叫んだ。

「創一郎、おまえの仕事だ」

瑛真はまやかさんに目もくれず、意味深なことを言う。

どういうこと？　もしかして瑛真も、創一郎さんの気持ちに気づいている？

創一郎さんは唇の端に微かな笑いを浮かべた。その表情にますます混乱する。

まだ叫んでいるまやかさんを置いて部屋を退出し、瑛真と共に足早に駐車場まで来た私ははたと気づく。

「あっ。荷物を車に置いたままだ」

「……タクシーで来たんじゃないのか」

眉間に皺を寄せて、創一郎さんの車を見つけた瑛真は睨みつけている。

これは、車内でふたりきりになったことを怒っている感じかな。

「すぐに必要なものか？」

「ううん。あっでも、スーツだから皺がついたら困るなぁ」

「スーツ？」

しまった。瑛真にはまだ面接の件について話をしていない。

「えっと……」

「創一郎に連絡しておくから、心配しなくていい」

「あ、ありがとう」

てっきり指摘を受けるかと思ったけれど、瑛真は意外にも聞き流してくれた。

甘く優しく

マンションへ戻って、ソファになだれ込むようにして横になった。

だらしないと分かっていても、気力も体力も限界に達していたのでどうしようもない。

瑛真は私の頭を持ち上げて自身の膝にのせた。筋肉質で硬い瑛真の膝は決して心地いいとはいえないけど、安心感があって頬をすり寄せたくなる。

本当に、甘えさせるのが上手いんだよなぁ。

「まやかのこと、怒っているか？」

上から覗き込まれて逃げ場がなくなる。

「もちろん。でも、もう済んだことだし、瑛真が私を裏切っていたわけじゃないのならもういい」

傷ついたけれど、それはまやかさんも同じだ。ましてや彼女はこの後、望まないお見合いをさせられる。

「まやかさんのお見合い相手っていい人なの？」

「創一郎だ。そろそろ本人にも話が回るだろう」

「え⁉　創一郎さん⁉」

「俺が社長に昇進したら、副社長の座には創一郎が就くことになる。あいつは仕事もできるし、まやかの相手として申し分ない」

開いた口が塞がらないとはこういうことだ。

「だったらあの時そう言えばよかったじゃない」

「まやかの前だと創一郎も素直に喜べないだろう」

「……やっぱり瑛真は、創一郎さんの気持ちに気づいていたんだね」

「当たり前だ。美和も知っていたのか」

「もしかして、って思ったのは今日だけどね。ところで、〝俺の真似事〟ってなに？」

「どうも昔から俺の真似をするんだ。同じブランドの服を着たり、同じ美容院に通って似たような髪型にしたり」

なるほど。そういうことだったんだ。趣味が似ているわけではなく、創一郎さんが似せようとしていたのね。

「あいつのことは弟のように思っているし、それくらいなら可愛いものだと気にもしていなかった。それが女関係にまで首を突っ込んでくるようになったあたりから、度が過ぎているなと——」

口が滑ったというように、ハッとして口元を手で隠した。

「女関係ねぇ」

じーっと見つめると、瑛真は観念してうなだれる。

「この際だから全部話す」

少しでも機嫌を取ろうとしているのか、優しい手つきで私の頭を撫で始めた。

ちょっとくすぐったいな。

つい頬が緩んでしまう。

「俺が付き合う女性を次から次へと寝取ったんだよ。だからあいつには気をつけろと言ったんだ」

あれ、そういう意味だったんだ。それにしても悪趣味ね。

「そんなの詳しく教えてくれないと分からないよ」

「こんなこと言えるわけないだろう。美和に嫌われたらどうするんだ」

そんな大真面目な顔で言われても。

「あれ？　でも、まやかさんは？」

「まやかは創一郎になびかなかった」

彼女は、瑛真のことが本当に好きなんだろうな……。

私なんかに同情されたくないだろうけど、彼女のことを思うと不憫《ふびん》で仕方ない。

「せっかく創一郎が本気になったのに、上手くいかないものだな」

「私を誘惑してきたのは、瑛真の真似じゃなくて、まやかさんのためよね。創一郎さんね、好きな人の幸せが自分の幸せだとは思わないかって、私に聞いてきたの」

「そんなことを言ったのか」

瑛真が目を見張った。

「でもその考えだと、ちょっと腑に落ちないことがあるの。まやかさんと瑛真をくっつけることが目的なら、今日あの場に私を連れていったのはおかしいと思わない？」

瑛真は私の頭を撫でていた手を止めて考え込む。

私はゆっくりと上体を起こした。

勇気を振り絞って少しだけ瑛真に寄りかかると、すぐに右腕が抱き寄せてくれる。

毎日たくさん触れ合っているのに、こういうふうにされるといつだってドキドキする。こうやって甘えてもいいんだよね。

「諦めさせたかったんだろう。どう頑張っても、俺が美和以外を好きになるわけがないんだから」

諦めさせたかった。

その言葉が胸にストンと落ちた。

「全ては創一郎さんの思うがままに、事が運ばれたってわけね」

あの別れ際の笑みを思い出して、感嘆の深い吐息がこぼれる。

思っていた以上に策士だわ。私も利用されていたのね。

どっと疲労感が襲ってきた。心のもやも晴れたことで食欲も湧いてくる。

「ちょっと早いけど夕飯の支度でもしようかな」

「それなら俺も手伝う」

「その肩で？」

くすっと笑うと、思いがけない台詞が飛んできた。

「もう包帯は取る」

「え？　いいの？」

「ああ。月曜まで待とうと思っていたが、もう我慢できない」

お風呂の時以外は肩から胸にかけて圧迫されている生活だ。苦痛でしかないだろうし、そりゃあ一日でも早く解放されたいよね。

「もう、取る？」

瑛真の左腕に手を添えて聞くと、瑛真は微笑んで、「頼む」と頷く。

最初の頃はあれだけ恥ずかしがっていたのに、今では指先が震えることもなく服を脱がすことができるようになった。

涼しくなってきたとはいえ、一日中スーツを着ていると、それなりに汗をかいている。シャツが湿っていることを指先で感じて、無性に胸がドキドキと鳴った。

包帯を解いて、露わになった艶めかしい肌を見ていられなくなって顔を背ける。

さすがにこれはいまだに慣れない。

「包帯の跡がかゆいな。美和、かいてくれないか?」

「なっ、なにをいっ……」

動揺しすぎてちゃんと喋れていない。

瑛真は笑いをこらえながらシャツを羽織る。

もうっ。人を恥ずかしがらせて楽しむ悪い癖を直してほしい。

身軽になった瑛真と早速キッチンに並んだ。

普段から自炊をすると言っていた通り、瑛真の包丁さばきはかなりの腕前だった。

「私より料理上手なんじゃ……」

女としてこれはショックだ。

「それは褒めすぎだ。美和の手料理以上に美味しいものなんて、この世にあるわけがない」

「恥ずかしいこと普通の顔で言わないでよ」

他愛もない会話すらも楽しくて、自然と笑顔がこぼれる。瑛真のそばにいられることがこんなにも幸せなのだと改めて感じた。

「前に、どうして美和のことが好きかと聞いてきたことがあったよな」

急な話題転換に首を傾げる。

「美和は覚えていないかもしれないが、俺は小さい頃、苛められていたんだ」

瑛真との思い出はよく覚えている。

美男子だった瑛真は、その美しさゆえに『男らしくない』『女みたいな男』と、同世代の男の子たちに心ない言葉を浴びせられていた。

瑛真は男らしくなりたいからと、おじさまに野球とサッカーをやりたいと申し出た。けれど、おじさまは将来に必要ないものだと言って耳を傾けようとしなかった。

文句ひとつ言わずそれを受け入れ、学校で同級生たちに馬鹿にされた後も、熱心に家でピアノやヴァイオリンを弾いていた。そんな彼をずっとそばで見ていた。

瑛真は、我慢と努力を積み重ねているような子供時代を過ごしていたのだ。

「美和が大きくなって、喋れるようになった頃にはもう直っていたけど、父親の仕事の関係上、俺は五歳までイギリスで過ごしていたから日本語が下手だったんだ」

「え、初耳だよ!? 前に外国育ちか聞いた時、そんなこと言わなかったじゃない！」

「そうだったか？ まあ、そういうわけでひどく馬鹿にされたものだった」

「子供って時に残酷だよね」

私も転校先で経験しているから痛いほど共感できる。

「だから無条件で俺に懐いてくれて、優しくしてくれたのは美和だけだった。あの頃から美和が大好きだったし、大人になったら、男の俺が守ってやるんだって心に決めていた」

「そんな、たったそれだけのことで……」

「美和がいなければ、俺は反抗的な態度ばかり取って、周りを困らせるような人間になっていたと思う」

「そんな瑛真、想像がつかないわ」

美男子の不良も、それはそれで絵になりそうだけれど。

「これでも小さい頃は好奇心旺盛で、やりたいことはたくさんあったんだ。徐々にそれは薄れていって、物欲もなくなってしまったが、美和だけは諦めきれなかった。欲しくてたまらなかった」

反射的に、殺風景な瑛真の寝室へと顔を向ける。

物欲がないからああいう部屋なのね……。

それにしても、こうも直球で想いをぶつけられてしまうと反応に困ってしまう。顔も真っ赤になっているはずだ。

「包帯も取れたし、今夜は美和の全てをもらってもいいか？」

瑛真は手にしていた包丁を置いて、初めて両腕に力を込めてきつく抱きしめてきた。

真っ白になった頭とは反対に、心臓は壊れそうなほどに鳴っている。

「いいよな？」

耳元で囁かれて、うなじのあたりがぞくりとする。

無言は肯定と取られたのか、瑛真は耳たぶを甘噛みして舌を這わせた。

小さな声が唇から漏れてしまう。

「待って、やめて。恥ずかしい」

か細い声で必死に訴えると、野獣のような眼光が私を捕らえる。

「そうだな。夜の楽しみにとっておく」

たったこれだけの触れ合いですでに腰が砕けそうだ。

実際に耐えられなくなってその場にしゃがみ込んだ私を、瑛真はまた楽しそうに微笑んで見下ろしている。

結局それからまともに機能しなくなった私に代わって、瑛真は素晴らしい手料理を振る舞ってくれた。

「美和にひとつ確認しておきたいことがある」

お腹いっぱいになってすっかり寛いでいると、真面目な顔をした瑛真がダイニングテーブルに両肘をついて、手の甲に顎をのせながら見つめてきた。

片手ではできなかった仕草を披露されるたびに、心臓を打ち抜かれてつらい。色気が漏れすぎている。

「なに?」

「もう美和を拘束する必要がなくなった。だから雇用契約を解除してもらって構わない」

私は黙って頷く。

こうなることは予想していた。

「介護の職に戻りたいんだろう? もう面接の日程も決まっているのか?」

「どうしてそれを？」

「スーツ」

まさかそれだけで？　ほんと、推察力と観察力に脱帽させられるわ。

「まだこれからよ。日中も家にいるとはいえ雇われている身だし、瑛真に相談しようと思っていたところだったの」

「そうか。それなら話は早いな」

望んでいたことだけれど、少し寂しくもある。

ひとりで勝手にしんみりしていると、いきなり立ち上がった瑛真が、リビングに置いてある白いチェストから一枚の紙を持ってきた。

「俺と新しい契約をしないか？」

目の前に広げられた婚姻届に息を呑んだ。

瑛真は椅子に座っている私のもとに跪いて、目線を合わせる。そしてポケットから真っ白い小さな箱を取り出した。

「俺には美和しかいない。結婚しよう」

瑛真が箱を開けると、中には光輝くダイヤモンドの指輪が入っていた。花びらをかたどったデザインで、豪華さの中にも可憐さを感じさせる。

あまりにも素敵な指輪を前にして、感極まって言葉が胸につかえて出てこない。

しばらくの間うっとりとした眼差しを指輪に注いでいると、瑛真が痺れを切らして言う。

「早く美和の指につけたいんだが、返事はもらえないのかな？」

「あっ……」

ごくりと唾を飲み込んで、一度大きく深呼吸をした。

「ありがとう。私も、死ぬまで瑛真と一緒にいたい」

左手を瑛真へ伸ばす。

瑛真は優しく丁寧な所作で指輪を通してくれた後、そっと薬指に口づけをする。

柔らかな唇から伝わってくる熱に胸が焦がされそう。

気づいたら涙が頬を伝っていた。

「美和。愛してる」

まっすぐな想いと言葉に胸が震え、もっと涙が溢れてきた。

私は彼に一度だって好きと言ったことがある？　私はもらってばかりで、いつも言葉足らずだ。今言わないで、いつ言うっていうの。

「私も愛してる」

震える唇からこぼれた愛の告白はやはり震えていた。

「悪い。やっぱり待てそうにない」

「えっ」

立ち上がった瑛真に手を引かれて立たされたかと思うと、噛みつくようなキスをされる。

こんなにまで私を求めてくれる瑛真が、愛おしくてたまらない。

注がれるキスに溺れていたら、気づいたら手が服の下に侵入していた。

「待って。こんなところで……」

このままソファに押し倒されたら、明るい照明の下で身体の隅々まで見られてしまう。

瑛真は無言のまま私の手を引いて、そんなに急がなくても、と思うくらい速い足取りで寝室に向かった。

部屋に入ってすぐベッドに押し倒され、私に覆いかぶさった瑛真の舌が甘く湿って絡みつく。

「んっ……」

抑えようとしても声が漏れてしまう。

「我慢しなくていい。ちゃんと可愛い声を聞かせて」

少し掠れた瑛真の声すらも艶めかしくて、彼の魅力にどこまでも引きずり込まれる。

愛し尽くされて、いつしか瑛真の熱い体温に私の熱が溶けて混ざり合った。

ずっとこの温もりが欲しくてたまらなかった。

これから先どんなことがあろうと二度と彼を離さないと心に誓って、甘い夜は更けていった——。

番外編

キミを渇望する

包帯が取れて自由が利くようにはなったが、常に首から肩にかけての重苦しい感覚がつきまとっている。以前よりも凝りやすくなった肩をほぐすように、首をぐるりと回してから小さく息をついた。

「美和はもう瑛真くんの介助はしていないそうだね。また介護の仕事に就いていると聞いたんだが、本当かね？」

先ほどから重箱に入った鰻《うなぎ》を一心不乱に箸でつついていた美和のお父さんが、俺の動きに反応して顔を上げた。

「そうですね。慣れない環境で疲労も見えますが、楽しそうですよ」

おじさんとこうしてふたりきりで食事をするのは、美和との再会に向けて話し合いをしていた時以来だ。

精力をつけた方がいい、というおじさんの計らいで、有名な老舗鰻店を訪れている。お言葉に甘えて、今夜は美和が音を上げるまで可愛がることにしよう。

おじさんを前にしてよからぬことを考えながら、止まっていた箸を動かした。

「もうすぐ瀬織家に嫁ぐ身なのだから、あまり自由にさせるのはよくないんじゃないか？」

「おじさんがそれを言いますか？」

ふっ、と笑うと、おじさんは肩をすくめた。

「確かに美和には自由を与えてきた。でもそれは、瑛真くんと会わせる前までと決めていた」

「知っています」

だから俺は、この歳になるまで美和に接触できずにいたのだから。

俺の言葉におじさんは目を丸くした。

「そうじゃなければ、堂園化成の経営が傾いていようが、そんなの関係なく美和と結婚していました」

「……そうか」

おじさんは複雑な顔をしている。

どうやら本当に、俺の思惑には気づいていなかったらしい。

「でも、このタイミングだったからこそ、美和も俺を受け入れてくれたんだと思います」

「そんなことはないと思うぞ。美和はずっと瑛真くんのことが好きだったんだから」

「昔の話ですよ」

「美和に聞いてみるといい。まあ、あの子が素直に話すとは思わないけどな」

「そうですね」

互いに頬を緩めて笑う。

美和の話をする時は決まって笑顔になる。

おじさんにとっても俺にとっても、美和は可愛くて仕方のない存在だ。だからこそ、俺はこれまでおじさんの意思を尊重してきた。

おじさんは、美和には自由に好きなように生きさせてあげたいと考えていた。だから幼少期から美和がやりたいことは全てやらせてきたし、家業を継ぐ必要もないと考えてきた。

結婚だって、本音では美和の意思を尊重したいと思っていたから、大人になって美和が自分で判断ができるようになるまでは、許嫁がいることを隠しておきたかったそうだ。幼い俺が自分たちの関係性について口走る可能性があったので、引っ越しで離れ離れになったのをまたとない機会だと思い、然るべき日が来るまで美和に会ってはいけないと止められた。

美和に会いたくてたまらなかった俺は、美和が結婚できる年齢になったらすぐに迎えに行こうとしていた。それなのになにかと理由をつけては先延ばしにされ、我慢の限界はとうに超えていた。溜まりに溜まった欲求不満は、まやかのような女性たちと関係を持つことでしか解消できなかった。

目の前に美和がいて触れない自信などなかった。触れてしまえば最後。欲を抑えられなかっただろう。

俺もおじさんと同様に、美和には普通の学生生活を送らせてやりたかったし、おじいさんとおばあさんとの生活を奪いたくはなかった。

その想いが大きな壁となって立ちはだかり、結局こんなにも長い間、美和を遠くから眺める羽目になったのだ。

その点だけでいえば、おじさんの言うように俺は一途なのかもしれない。

「そういえば、美和に後継者の話をされていないようですね」

「ん？　あれ？　そうだっけ？」

おじさんはキョトンとした。

この人はたまにこういう天然な部分を見せてくる。

美和は介護の仕事に就くという夢を叶え、自立した大人の女性になった。おじさんの言う〝然るべき時〟がやっと訪れた。

会えなかった時間を手っ取り早く取り戻すためにも、俺の身体的介助をしながら共に暮らすのはいい案だと思った。おじさんも賛成してくれたのに、俺とのことを美和へきちんと説明していなかったのはさすがに勘弁してほしかったが……。

全て理解した上で来てくれるものだと疑っていなかったので、美和に拒絶されて本当につらかった。

ぬるくなった緑茶を啜ってひと息つく。

「美和は口には出さないですけど、堂園化成の今後について、かなり気にしていると思いますよ」

「それは悪いことをしたな。瑛真くんから話しておいてもらえるか？」

「いいですけど、ご自身から話されないんですか？」

「別に誰から話しても同じだろう」

まあ、確かに。

「分かりました。帰ったらすぐにでも話しておきます」

おじさんは膨れた腹をさすりながら「ああ」と、満足そうに頷いた。

日本酒にまで手を伸ばしたおじさんに付き合っていたら、予想より遅い時間の帰宅となってしまった。

はやる気持ちで部屋の鍵を解除すると、すぐさまリビングから美和が顔を覗かせた。

「おかえりなさい」

風呂上がりなのだろう。血色のいい顔がにっこりと微笑む。

「ただいま」

開いた扉からぬるい空気が流れてきた。誰かが出迎えてくれる暮らしというのは潤いがある。美和との生活は今まで知らなかった温かさを感じさせてくれる。

美和へそっとキスを落としてから頭を優しく撫でると、美和は気持ちよさそうに目を細めた。

猫みたいだな、と思う。毛を逆立てていた頃も可愛かったが、こうして身も心も委ねてくれる姿はたまらなく愛おしい。

ぱっと離れた美和が顔をほころばせる。

「ワインでも飲もうかと思っていたの」

その言葉通り、ダイニングテーブルにはワインとグラスが用意されていた。

それは俺が購入したワインではなかった。ワインセラーにはまだ腐るほどワインが並んでいるのに、美和はたまにリーズナブルな価格の酒を買ってくる。

美和はしまった、という顔をしてワインを片付けようとした。

「ごめん。瑛真はこんな安物飲まないよね」

「そんなことはない。最近のテーブルワインはどれも美味しい」

美和はほっとした顔を作る。

ほんと、顔にすぐ出るな。

正直なところ、そこらのスーパーで売られているワインは飲まない。けれど、そんなことを言ったら美和が気落ちしてしまう。

好きに使っていいとクレジットカードも持たせているのに、美和が買うものはいつだって庶民的なものばかりだ。

……まったく。欲深くないから、これでは甘やかすこともできない。

「おばあちゃん、今日は寝てばかりだった。リハビリは毎日した方がいいのになぁ……」

美和がワインをグラスの中で揺らしながらぽつりと呟いた。

最近の美和は、時間の許す限り、施設へと足を運んでいる。

「一日くらいなら家に帰ってもいいいんだろう？　気分転換に、一緒に屋敷に戻ったらどうだ？」

ハウスキーパーを雇って定期的に掃除をしているから、屋内は綺麗な状態を維持しているとおじさんから聞いている。

美和はふるふると首を横に振った。

「おばあちゃん、あの家は古いからもう住めないって言ってた」

美和の口からおばあさんの意思を聞かされて、なんともいえない気分になる。

難しいものだな。

それでも美和は、あの家に戻りたいと思っているのだろう。だからこんなにも苦しそうな顔をしているんだ。

人の気持ちというのは簡単には推し量れない。それでも美和の心だけは見透かさなければいけないと思っている。そうしなければ、美和は本心を押し隠そうとするだろうから。

「詳しく見てみないと分からないが、あの家、リフォームしてみたらどうだ？」

「……え？」

突然の提案に、美和はワイングラスを持ったまま固まった。

グラスを落として怪我でもされたら困るので、そっと手からグラスを抜き取る。

「さすがに取り壊すのはもったいないと思うし、美和はあの家に住みたいんだろう？　だったら、ここを出てあそこで暮らせばいい」

「そ、れは……瑛真も、一緒？」

「当たり前だろう」

「でも、このマンションは？」

「創一郎にでも引き渡せばいい。あいつはまだ実家暮らしだからな」

　創一郎とまやかの縁談は順調に進んでいる。近いうちに家を出なければならないだろうし、あいつなら俺の住んでいた部屋となれば喜んで飛びついてきそうだ。

「そうでなくても、最上階はすぐに売れるさ」

「そんな、悪いよ」

「もともとこの部屋には思い入れなんてない。タワーマンションでの暮らしがどういうものかが知りたかっただけだ」

　美和は口を半開きにしたまま、また固まってしまった。

　言い方が悪かっただろうか。

「悪い。美和との新居は改めて用意しようと思っていたから、それまではなんでもいいかと……」

言い訳をすると、美和は苦笑した。

「そうだったね。瑛真はあまり物欲がないんだった」

勝手に納得して、ワインを勢いよく喉へ流し込んだ。

「おい、そんな飲み方をするなよ」

釘を刺してから、すぐにシャワーを浴びた。

美和はそこまで酒が強くない。酔い潰れる前に戻らないと。

タオルで髪を乾かしながらリビングへ戻ると、先ほどよりもとろんとした顔つきの美和が、おぼつかない足取りで近付いてきた。

「もうっ。またちゃんと乾かしてない」

……可愛い。

唇を尖らせた美和を穏やかな気持ちで見つめる。

「すぐ乾く」

「その間に風邪引いちゃったらどうするの？　もう夏じゃないんだからね！」

手を引いて俺をソファに座らせると、美和は慌ただしく洗面所へ向かい、ドライヤーを手にして戻ってきた。俺の横に座って、慣れた手つきで髪を乾かし始める。

遠慮がちに触れる指の感触が心地よくて、気づかれないよう小さく吐息を漏らした。

美和の手を煩わせているのは百も承知だ。だけどこの時間は、俺にとって数少ない身体から力を抜ける瞬間なのだ。

ドライヤーを止め、髪を手櫛で整えてくれる美和をそっと抱き寄せる。美和は素直に身を委ねてきた。

「さっきの話だけど、本当にいいのかな？　私、瑛真に甘えすぎじゃない？」

不安からか、声が微かに揺れている。

「好きなだけ甘えればいい」

俺の身体に回っている腕に力が込められた。

いじらしい所作に、腹の奥底から感情が湧き上がるのを抑えられない。

このままここで抱いてしまいたい。

美和の頭へ顔を埋めると、長い髪から漂う甘い香りに誘われて身体が余計に疼いた。

唇を重ねると、いまだに心臓が異常なくらい高鳴る。

俺がいつもこんなにも緊張していると知ったら、美和はどんな顔をするんだろうな。

……ダメだ。こんなところで事に及んだら、それこそ余裕のない奴だと思われてしまう。

理性を奮い立たせて、柔らかな唇から距離を取った。

不満そうな瞳が俺を見つめている。

「続きはベッドの上で。風邪を引くんだろう?」

美和は頬を染め上げて、恥ずかしそうに俯いた。

可愛らしい反応に心が乱されて、やはりこのまま続きをしようかと思った時。

「お父さん、なにか言ってた?」

もう平然とした美和が小首を傾げた。

助かったような残念なような、複雑な思いのまま口を開く。

「美和は堂園化成の後継者について、なにも聞かされていないないそうだな」

「そうだけど……え? もしかして瑛真は知っているの?」

「ああ。美和のはとこらしい」

「はとこ?」

美和は、まったく身に覚えがないといった感じで眉をひそめた。

無理もない。美和は親戚付き合いも皆無だったと聞いている。

「その人で本当に大丈夫なのかな?」

「心配か?」

「うーん……」

「それなら一度、俺も含めて会わせてもらおう。堂園化成の次期社長となれば、俺にも関係があるからな」

おじさんが選んだ人間なら心配しなくても問題はないだろう。でも、普段のおじさんの仕事ぶりを知らない美和からしたら不安になるのは当たり前だ。

「いいの？　ありがとう」

美和は安心した笑顔を見せる。

恋人同士になってからは、こうして表情を緩めることも多くなった。

ここまで来るのに時間がかかったな。

反射的に伸びた手で美和を抱きしめる。

「瑛真？」

俺の腕の中で不思議そうにしている美和の背中に手を這わせ、ゆっくりと服の下に侵入していく。

「ちょっ……なっ……なにしてるの⁉」

「寝るだけなのに下着をつけているのか」

「もう！　さっきベッドの上でって言ったのはどっちよ！」

美和は気持ちの切り替えが早い。さっきまであんなに俺を求めていたのに、もうこうやって押し退ける。

「そうだったな。じゃあ移動しようか」

強引に美和を担いで立ち上がった。

「ヤダ！　怖い！　落ちる！」

お姫様抱っこされている人間らしからぬ、ムードもへったくれもない発言をする。

「しがみついてろ」

そう言うと、痛いくらいに力を込めてきた。

「落とす前に下ろしてね！」

肩のことがあるにしてもこれくらい大丈夫だ。時間を見つけては柏原とジムへ通っているのだから。

必死にしがみついてくる美和を抱えながら、今日はどんなことをして美和を可愛がろうかと考える。

「なにを笑ってるの？」

美和が恐々と聞いてきた。

笑っていたか？

完全に無意識だったので、驚いて立ち止まる。

その隙に美和は、俺の腕から抜け出そうと身体をよじった。

「逃がさないよ」

一生逃がすものか。

我儘が通らない窮屈な人生の中で、俺が唯一欲しがったものなのだから。

わざと耳にかかるように囁いた声に、ビクッと身体を跳ねさせた美和を見て、俺は満足げに笑った。

特別書き下ろし番外編

愛する人のいる庭

運よく梅雨の中休みにあたったおかげで、結婚式は抜けるような青空のもとで執り行われた。

ウエディングドレス選びに関しては、俺や美和よりも母親たちが熱心で、戸惑う美和をよそに、背中が大胆に開いたドレスが一番似合うと言って聞かなかった。

美和の瑞々しい透き通った肌は、隠さず見せた方が彼女の魅力をアピールできる。だから俺も異存はなかった。

列席している男性陣は、彼女の美しい後ろ姿に息を呑んでいることだろう。

その誰もが羨む美しさと、可愛らしさを兼ね備えた新婦が俺を見て微笑む。

「はい。誓います」

凛として濁りのない声が教会に響き渡る。

ふたりで一緒に選んだ結婚指輪を互いの薬指にはめ、顔にかかったベールを上げると、美和の力強い瞳が俺を射抜いた。心臓がドクッと鳴る。

彼女の濁りがない瞳で、まっすぐ見つめられることにいまだに慣れない。

鼓動が駆け足になったままゆっくりと顔を近付ける。美和が少し顎を上げて目を閉じた。赤く柔らかな唇にキスをすると、静まり返っていた教会内が大きな歓声に包まれた。

唇を離して美和を見下ろせば、恥ずかしそうな顔ではにかんでいる。

あまりの可愛さに、誰の目にも触れさせたくなくて、ベールをもう一度下ろしたいとまで思ってしまった。

大勢の会社関係者が列席し、堅苦しい雰囲気の中で行われた披露宴は、美和に大きな心労を負わせたことだろう。

彼女はなにも言わず終始笑顔を絶やさなかったが、疲弊したぎこちない微笑を見ていればすぐに分かることだ。

最近の披露宴は形式にこだわらない自由なものが多いと聞く。美和にも好きなようにさせてやりたかったが、これればかりは立場上仕方のないことだった。

それでも親族の席を回った時は、瞳に涙を溜めて泣くのを必死に我慢していた。

「ふたりともおめでとう」

美和の祖母が優しく笑いかける。美和は衝動的に、黒留袖姿の祖母に抱きついた。

「……ありがとう」

美和のくぐもった声が周囲の涙を誘う。

俺の祖父は、ビールが入ったグラスを握りしめながらもらい泣きしていた。

ふたりの姿を見守る美和の両親の温かな表情も印象的で、俺もこういう家庭を築きたいと唐突に思った瞬間だった。

俺たちのすぐ後に結婚式を控えている創一郎とまやかは、憑き物が落ちたように終始穏やかな雰囲気を纏っていた。

今さらながら、俺が関係を持った女性が身内に入ることに美和は抵抗を感じているのではないかと心配になったのだが、特に気にした様子もなく、ふたりの幸せを心から望んでいるようだった。

ヤキモチを焼いてくれた方が嬉しいのに、と思ったことは、墓場まで持っていこうと思う。

二次会は行わず、来月改めて親しい友人を招いた1.5次会を開催する予定をしている。

披露宴を終え、正装のまま真っ白なリムジンに乗り込んだ俺たちは、ありがたいことにまだ日の明るいうちに帰宅することができた。

窮屈なドレスとタキシードを脱ぎ捨て、仲良くふたりで風呂に入り、まだ早い時間にもかかわらず部屋着に着替えて寛いでいる。愛を誓い合った日にこうしてふたりきりで過ごすことができるのだから、無理に予定を詰めなくてよかった。

美和の祖父母が暮らしていた堂園家の改修工事が終わり、マンションから移り住んでまだ数日。家にいる時、美和は中庭で過ごすことが多い。

和風庭園に面した二棟の母屋を繋ぐ渡り廊下から、その華奢な後ろ姿を眺めることが日課になりつつあった。

隅々まで手入れが行き届いた木々や花たちは美しく、前日まで降り注いだ雨によって草や土の匂いが強く感じられる。住宅街の中で、ここだけ別世界だ。

自然と触れ合う時間が増えたおかげか、マンションで暮らしていた頃より心が穏やかになったように感じる。それに、美和も柔らかな表情を見せることが多くなった。やはり美和にとってこの場所は特別なのだろう。

今日も疲れているはずなのに、今朝ちょうど満開になった紫陽花を見たいと、美和はリラックスした姿で庭に出ている。

彼女が身につけている、両肩が露わになった白地に青と赤の花柄が散りばめられたオフショルダーワンピースは、俺が美和に似合うと思って用意したものだ。

可憐で美しい姿を、俺以外の男の目に触れぬよう、どこかに閉じ込めておきたくなる。

仕事も辞めて、ずっと家にいてくれたらいいのに。

ここまで強い、自分勝手な独占欲を抱いていると知ったら、美和はどんな顔をするだろうか。俺のことを大人で余裕のある男だと思い込んでいる美和には、まだ全てを曝《さら》け出すことができずにいる。

「美和。そろそろ中に入った方がいいんじゃないか？　明日もあるし、風邪でも引いたら困るだろう」

中腰になって、一心に花を見つめる後ろ姿に声をかける。

「そうだね。ごめん」

振り返った美和は、申し訳なさそうな表情を作った。それを見て、自分の心の狭さに溜め息がこぼれる。

美和の体調を気にかけるふりをして、ただ俺の相手をしてほしかっただけだ。紫陽花よりも、俺を見てほしいというしょうもない感情。

戻ってきた美和が、ワンピースの裾を気にしながら、胡坐をかいている俺の隣に腰を下ろす。

女性を硬く冷たい床の上に座らせるのもどうかと思い、「リビングに行くか?」と尋ねる。すると、美和はゆるゆると首を横に振った。

「ちょっと暑いから。床が冷たくて気持ちいい」

そう言う美和の首筋は少し汗ばんでいた。

長い髪を横へ流してやり、露わになった首筋へそっと口づける。

美和はくすぐったそうに、「汗かいてるのに、やめてよ」と身をよじって笑った。

それから視線を窓外に流す。

「紫陽花、おばあちゃんたちが来るまでに枯れないといいんだけど」

住宅改修が完了してから慌ただしい日が続いていて、まだ互いの親族を招いていない。どうせなら両家交えてこの家で集まったらどうかと提案したら、美和は子供のような笑顔で喜び、挙式と新婚旅行を終えた翌週に集まる運びとなった。

施設で暮らしたいという美和の祖母の考えは変わっていない。美和も無理強いは意味がないし、それならそれで、この家を引き継いで大切に守っていきたいと言えるまでになった。

これは大きな進歩だと思う。祖母以外にも、俺という心の拠り所を見つけたことが大きく関係しているのであれば嬉しい。

「大丈夫だろう。梅雨の間はずっと咲いているんだろう?」

「うん」

一緒に過ごすようになって知ったのだが、美和はとにかく心配性だ。だからこそ細やかな気配りができるのかもしれないが、あまり心労は重ねてほしくない。

「明日の今頃は、もうスペインにいるんだよねぇ」

美和は空を仰ぐ。

新婚旅行はどこでもいいと言うので、長期休暇がないと行くことのできないヨーロッパにした。昔からスペインの建造物には興味があり、一度ゆっくり見て回りたいと思っていたのだ。

俺の意向を話すと、美和はふたつ返事で賛同してくれた。

美和はいつも俺に欲がないと言うけれど、彼女も相当欲深くない。再会してからこれまで、彼女の口からほとんど我儘を聞いていない。もっと甘やかしたいのに。

「本当に俺が決めてよかったのか? 別に、今からでも変更はできるぞ」

「なに言ってるの」

美和は可愛らしい猫のような瞳を丸くした。

「すっごく楽しみにしてるんだよ?」

「そうか」

嘘はないと思ったので、天使の輪ができている綺麗な髪を優しく撫でた。美和は気持ちよさそうに目を細める。

一見、気が強くしっかりとした雰囲気がある彼女の、気を許してくれている姿を見せられるとたまらなく欲が掻き立てられる。

気づかれないように吐息を漏らし、彼女の温かい手を握った。それが合図のように、美和はこてんっと可愛らしく俺の肩に頭をのせる。

今すぐ強く抱きしめて、めちゃくちゃにしたくなる。

美和と一緒にいられるのはこの上ない幸せなのだが、こうして衝動的に襲ってくる盲目的な愛情を抑えるのは、案外ストレスが溜まるのだ。

こらえきれず肩で大きく息をつく。

「どうかした？」

俺にもたれかかっていた上半身を起こし、綺麗な瞳でまっすぐに見てきた。

「いや、別に」

「そう？」

美和は立ち上がって、「お茶淹れるね」と、キッチンへ繋がっている廊下を歩いていく。

俺が疲れていると思ったのだろう。

もう少し触れ合っていたかったが、美和が機転をきかしてくれなければ感情を抑えられそうにもなかったので、複雑な心境のまま後に続いた。

平屋の形状を活かしたリビングは天井が高く、大きな窓を設けていることでとにかく空間が広い。今日みたいに天気のよい日は、陽が射し込んで部屋を明るく照らす。

美和が素直に育ったのは、祖父母の影響力ももちろんのこと、開放感のあるこの家も多少なりとは関係しているのではないだろうか。

美和がお茶の入ったグラスを「どうぞ」とテーブルに置く。

喉を潤してから、隣に座った美和をなんとなしに眺めた。目が合うと、美和はなぜか逃げるように目を逸らす。

「……ねぇ。やっぱりこの服恥ずかしいよ。前屈みになると、胸元とか見えちゃうし」

そういえばさっきも、お茶を置く時に胸元を片手で押さえていた。

「俺とふたりの時なら構わないだろう」

美和は頬を赤く染めて、困ったようにしている。

……やっぱり、我慢できない。

「この服、脱がせやすいんだよ」

わざと声を低くして、美和の鎖骨に手を当てた。途端に、ビクッと身体を震わせて、悩ましい瞳が向けられる。

「あ、の。今日は、やめておかない？」

「どうして？」

「だって明日朝早いし……」

美和の言葉を遮って、肩に噛みつくようなキスをする。彼女の口から小さな声が漏れ、身体の奥が燃えるように熱くなった。

「――それに、危険日だし」

美和の振り絞って出した声に、肌から唇を離す。

「なあ、美和」

ずり下げた服を丁寧に戻して、壊れ物に触れるかのようにそっと抱きしめた。

「俺は美和との子供が欲しい。そんなの当たり前だろう？　家族を作らないと、ふたりではこの家は広すぎる」

子供をあやすように言うと、美和はすうっと息を吸い込んだ。

「本当に？」

「嘘をついてどうする」

「……そっか。よかった」

安堵の吐息を漏らした美和は、頭をぐりぐりと胸に擦りつけてきた。無邪気というのはすごい。こういう仕草ひとつで、俺の心に火を点けてしまえるのだから。

「じゃあ、抱いてもいいんだな?」

誘うように、耳元に息を吹きかけながら囁く。

動きを止めた美和は急に静かになってしまった。

今度はどうしたのだろうと様子を窺っていると、美和は決心したように顔を上げる。

「やっぱり今日はやめよう!」

……なんで。

俺は今、さぞかし情けない顔をしているだろう。それなのに美和の勢いは止まらない。

「だって、明日からハネムーンだよ? 情熱の国スペインだよ?」

美和の言いたいことを理解して、昂ぶっていた感情は急速に落ち着きを取り戻した。

「ハネムーンベイビーって言いたいのか」

「そんな冷静に言われると恥ずかしくなる……」

美和は両頬を手で覆った。

「バルセロナまで十数時間かかる。明日は移動で潰れると思っておいた方がいい」

「え？　うん、そうだよね。大変だよね……」

急な話題転換に美和は少しうろたえた。

「だから、今日できないということは、かなりおあずけをくらうということだ。美和の期待通り情熱的な夜になるだろうから、覚悟しておくんだな」

美和に翻弄されてばかりでは男として情けないと思い、自分に言い聞かせるためにも努めて冷静に言い放つ。

すると美和は、恥ずかしそうに、でも、嬉しそうにはにかんだ。

「う、うん。……楽しみにしてるね」

俺は静かに目をつぶり、片手で目元を覆う。

「瑛真？　どうしたの？　やっぱりどこか体調が悪いんじゃ……」

「なんでもない」

美和の魅力に目がくらんで悶絶《もんぜつ》しているだなんて、口が裂けても言えない。

初恋をこじらせてしまった俺は、一生彼女に本音なんて曝け出せないのかもしれないと思った。

万全な体調で旅行に臨みたいという彼女の主張を受け止め、二十二時を回る頃に俺たちは寝室へ移動してベッドに寝転がった。

身体は確かに疲れてはいるが、長年染み付いた生活習慣が邪魔をして眠気はやってこない。

優しいオレンジ色の間接照明だけが灯る中、美和は仰向けになって目を開けたり閉じたりしている。

肩肘を立てて手のひらに頭をのせながら、どうにか早く寝ようと奮闘する一生懸命な彼女の姿を見守っていたが、あまりの可愛らしさに構いたくなる気持ちを抑えられなかった。

美和の頭をそっと撫でて声をかける。

「なあ。眠たくないなら無理して眠ろうとしなくてもいいんじゃないか？　寝不足になったところで、飛行機の中で寝ればいいだけの話だろう」

美和はパチッと目を開け、子供のように口を尖らす。

「せっかくの旅行なのに寝たらもったいないじゃない」

「そうだよね。……ん？」
「それはいいことだ。俺も寝る間を惜しんで楽しみたいと思ってる」
「そりゃもちろん」
「やる気満々だな」

言葉に含ませた意味を時間差で理解したらしい美和は、じわじわと顔に羞恥の色を滲ませた。からかうように微笑みかけると美和はすぐに顔を逸らす。

可愛い。可愛すぎて苛めたくなる。

「美和、こっち向いて」

戸惑いながらも、俺と向かい合わせになるよう横向きになった従順な美和がやはり愛おしい。

美和は不安と期待が入り混じっているような表情を浮かべている。

頭を撫でていた手をゆっくりと背中に滑らせた。小さく肩を跳ねさせた美和に、「なにもしないよ」と優しく声をかけ、トンットンと規則的に背中を叩く。

「寝かしつけてくれるの？」

美和が不思議そうに聞く。

「子供の頃、こういうふうにしてもらったか？」

「うん。おばあちゃんがしてくれた。瑛真は？」

「俺もしてもらってたよ。結構さじ加減が難しいんだな」

美和はおかしそうな笑い声を出して、「上手だよ」と褒めた。それから俺の顔を見つめた後、ゆっくりと目を閉じて猫みたいに丸くなった。

美和の口角が嬉しそうに上がっている。その微笑みの理由が喜んでいるのかおもしろがっているのか判断がつかないが、そのまま続けた。

こんなことをするのは初めてだ。女性が母性を感じるのと同じように、男性もまた庇護《ひご》欲というものを抱く。美和といると無性に掻き立てられ、この先どんなことがあろうと死ぬまで守り抜こうとまで考えてしまう。

美和といると、自分でも知らなかった新たな自分が顔を出す。

……いや、そうじゃない。美和と一緒にいる時こそ本来の俺になれるのか。

しばらくして、彼女の身体からすうっと力が抜けていくのが分かった。手の動きを止めて静かに様子を見守ると、微かな寝息が聞こえてきた。

口を半開きにした無防備な姿を見ていたら、心が満たされ、胸の奥底から温かいものが溢れてくる。

彼女の顔にかかった髪をそっと払い除けて、頬にやんわりとキスをした。

「ありがとう」

美和は微かに瞼を震わせただけで起きることはない。

ありがとう。俺を選んでくれて。

一生かけて幸せにするから。

美和を後ろから抱きしめながら、長く艶めく髪に顔を寄せる。

甘い香りに包まれて、俺もいつしか眠りについていた。


翌朝目が覚めると、先に起きていた美和が横になりながら携帯電話をいじっていた。

部屋はまだ暗く、窓からの明かりは入っていない。

俺を起こさないように気を使ったのか、美和はベッドの端っこにいて、目を覚ました俺に気づいてころころと転がってきた。

やることがいちいち可愛い。

「おはよう。ごめんね、起こしちゃったかな?」

「おはよう。今何時?」

「……五時半」

美和は苦笑いを浮かべる。

俺たちが乗る飛行機は十時十分発の予定だ。家から空港までタクシーで向かえば、多く見積もっても一時間はかからない。国際線のチェックインは余裕を持ったほうがいいので、七時に家を出れば十分間に合う計算だ。

「シャワーを浴びて身支度をしても時間が余るな」

「瑛真はいつ寝たの？　まだ眠たかったら横になっててていいよ？」

また距離を取ろうとした美和の腕を掴み、細い手首に口づける。

「美和が寝て、すぐに寝たよ」

本当はかなり長い時間、美和から香る甘い匂いを嗅いだり、寝顔を眺めたりしていた。けれど、普段から短時間の睡眠しか取らない俺に取っては十分な睡眠量だ。

「早めに空港に行ってぶらぶらする？」

美和の提案に「いや」と首を横に振る。

「気が変わった」

なにが、とでも言いたげな口を塞ぎ、すぐに舌を差し入れて深いものに変化させた。驚いた美和は「んんっ」とくぐもった声を出す。

それすらも吸い込み、執拗に舌を絡めとりながら彼女をベッドに組み敷く。見下ろせば、逃げ場を失くした美和が非難めいた瞳で俺を見上げている。

る。

「約束が違う」

この気の強さも好きだ。どうやって従順にさせるか、考えるだけで心を揺さぶられる。

「だから気が変わったと言っただろう」

眉を下げて黙り込んだ美和は、どうすべきか悩んでいるように見える。

それなら、と、首筋に噛みついた。同時に服の上から柔らかな膨らみに手を添える。

美和は身体を小さく震わすだけで抵抗しない。

本当に大丈夫だろうか。征服欲は溢れんばかりにみなぎっているが、美和を嫌な気分にさせることはしたくない。

まだ半信半疑のまま、頬にキスをしてすぐに離れてみる。すると美和は、物足りないとでもいうように眉を下げて俺を見つめ返してきた。

その気になってくれたのなら願ってもないことだ。俺はいつだって美和を感じていたいのだから。

強引に唇を塞ぎながら、我ながら器用だと感心する手つきで白いシルクのネグリジェを脱がせる。

美和は足首が冷えるからと渋っていたが、俺が着てほしいと頼んだものはなんだかんだ身につけてくれる。一応式を挙げた日だったのでこの服を選んだのだが、これにしてよかったと心から思う。とにかく脱がせやすい。

滑らかな肌に唇を寄せるたびに、美和がこらえきれなくなった声を漏らす。俺の手が彼女をそうさせていると実感して胸も身体も熱くなっていき、心臓がありえない速さで脈打った。

「腰が砕けたらシャレにならないし、時間もそこまでないから控えめにしておこうか」

「もうっ、またそうやって……」

美和は真っ赤になった顔を隠そうと手で覆う。そんなことしても意味がないのに。すぐに手首を掴んで自由を奪う。期待と動揺が混じった瞳がちろちろと動くのを見て、ゾクッとうなじのあたりが震えた。

焦らして恥じらう美和の姿を堪能しようと思っていたのに、どうやら俺の方が限界らしい。こらえきれない衝動をなるべく悟られないように美和を早急に追い立て、俺を受け入れてもらえるようにほぐしていく。

「美和……」

呼びかけに反応して美和が俺の首筋に腕を回す。

「もう、無理……おねがい……」

余裕なんてないにもかかわらず、平静を装って「ああ、分かってる」と呟く。

本当に、彼女の前で一体いつまでカッコつけることができるのだろう。悩ましい思いを逃がすように息をつくと、美和が不安げに見つめてくる。

相変わらずの心配性だ。こんな最高な時に、溜め息なんてつくはずがないのに。

「美和、愛してる」

これ以上ない優しい声で囁くと、美和は途端に安心して、幸せそうに顔をほころばせた。

END

あとがき

はじめまして、花木きなと申します。自然が好きなので、それっぽい名前を使わせていただいております。このたびは本書をお手に取っていただき、誠にありがとうございます。この作品は、私がはじめてベリーズカフェにて書いたものであり、第二回ベリーズカフェ恋愛小説大賞にて優秀賞をいただいたものです。いまだに信じられない想いでいっぱいです。小説を書き始めてから四年半。悔しい想いもたくさんしてきました。努力は必ず報われると言いますが、本当にそうなのかもしれません。

私は特殊な仕事をしていたため、オフィスで働いた経験がありません。それ故に、オフィスラブなど書けないと決めつけていました。ですが、溺愛や極甘などが大好物だったので、どうにか書けないかと試行錯誤しながら出来上がったのがこのお話でした。書いてみてびっくり。あんなに書けないと思っていたのにスラスラ筆が進むじゃありませんか。チャレンジ精神、大切ですね。

冒頭で名前の話をしましたが、瑛真の名前の由来は、〝英〟国〝紳〟士からきています。できる限り紳士的な振る舞いをさせたかったので、瑛真には美和が気持ちを認めるまではいろいろ我慢させました。美和は、和的な美しさをイメージしました。気が強いところがありますが、大和撫子のような、清楚で凛とし、賢く生きる女性です。

ふたりとも好きな人柄だったので、慣れない設定に戸惑いながらも終始楽しく書くことができました。もちろん癖のある創一郎やまやかも好きです。創一郎の創は、傷つけ、傷つき、作り、始める。まやかは、まやかしの意味を持ちます。深くまで描けなかったふたりも、その名前の持つ意味から人物像を膨らませて読んでもらえたら、なお楽しんでいただけるかもしれません。

書籍にするために、書き上げてから半年以上たって改めて読み直した時に抱いた言葉は、これは酷い、でした（笑）。もっともっと勉強が必要です。皆様にこれからも私の作品を読んでいただけるよう日々精進してまいります。

そんな右も左も分からない私を親切に導いてくださった担当編集の福島様。編集協力の妹尾様。大変お世話になりました。素敵なイラストを描いてくださった小島ちな様。本当にありがとうございました。また、ここまで応援してくださった皆様にたくさんの感謝を込めて。

花木《はなき》きな

花木きな先生への
ファンレターのあて先

〒104-0031
東京都中央区京橋1-3-1
八重洲口大栄ビル7F
スターツ出版株式会社　書籍編集部　気付

花木きな先生

本書へのご意見をお聞かせください

お買い上げいただき、ありがとうございます。
今後の編集の参考にさせていただきますので、
アンケートにお答えいただければ幸いです。

下記URLまたはQRコードから
アンケートページへお入りください。
http://www.berrys-cafe.jp/static/etc/bb

御曹司と婚前同居、はじめます

2018年10月10日　初版第1刷発行

著　者　花木きな
©Kina Hanaki 2018
発行人　松島 滋
デザイン　カバー　北國ヤヨイ(ムシカゴグラフィクス)
フォーマット　hive & co.,ltd.
校　正　株式会社　文字工房燦光
編集協力　妹尾香雪
編　集　福島史子
発行所　スターツ出版株式会社
〒104-0031
東京都中央区京橋1-3-1　八重洲口大栄ビル7F
TEL　販売部　03-6202-0386(ご注文等に関するお問い合わせ)
URL　http://starts-pub.jp/
印刷所　大日本印刷株式会社

Printed in Japan

ISBN 978-4-8137-0545-1　C0193

ベリーズ文庫 2018年10月発売

『極甘同居～クールな御曹司に独占されました～』　白石《しらいし》さよ・著

メーカー勤務の柚希はある日、通勤中のケガを助けてくれた御曹司の高梨の高級マンションで介抱されることに。彼は政略結婚相手を遠ざけたい意図から「期間限定で同棲してほしい」と言い、柚希を家に帰そうとしない。その後、なぜか優しくされ、「我慢してたが、お前がずっと欲しかった」と甘く迫られて…!?

ISBN 978-4-8137-0542-0／定価：本体640円＋税

『うぶ婚～一途な副社長からの溺愛がとまりません～』　田崎《たさき》くるみ・著

OLの日葵は勤務先のイケメン副社長、廉二郎から突然告白される。恋愛経験ゼロの彼女は戸惑いつつも、強引に押し切られてお試しで付き合うことに。クールで皆から恐れられている廉二郎の素顔は、超"溺甘彼氏"!?　優しく抱擁してきたり「今夜は帰したくない」と熱い眼差しを向けてきたりする彼に、日葵はドキドキさせられっぱなしで…?

ISBN 978-4-8137-0543-7／定価：本体650円＋税

『契約妻ですが、とろとろに愛されてます』　若菜《わかな》モモ・著

OLの柚葉は、親会社の若きエリート副社長・琉聖に、自分と偽装婚約をするよう突然言い渡される。一度は断るも、ある事情から、その契約を条件つきで受けることに。偽りのはずが最高級の婚約指輪を用意され、「何も心配せず甘えてくれ」と、甘い言葉を囁かれっぱなしの超過保護な生活が始まって…!?

ISBN 978-4-8137-0544-4／定価：本体650円＋税

『御曹司と婚前同居、はじめます』　花木《はなき》きな・著

平凡女子の美和は、ある日親の差し金で、住み込みで怪我をしたイケメン御曹司・瑛真の世話をすることに。しかも瑛真は許婚で、結婚を前提とした婚前同居だというのだ。最初は戸惑うが、イジワルに迫ったかと思えば執拗に可愛がる瑛真に、美和はタジタジ。日を増すごとにその溺愛は加速するばかりで…!?

ISBN 978-4-8137-0545-1／定価：本体630円＋税

『仮初めマリッジ～イジワル社長が逃してくれません～』　雪永《ゆきなが》千冬《ちふゆ》・著

モデルを目指す結衣は、高級ホテルのブライダルモデルに抜擢!　チャンスをものにしようと意気込むも、ホテル御曹司の常盤に色気がないとダメ出しされる。「恋の表現力を身に着けるため」と強引に期間限定の恋人にされ、同居することに!?　24時間体制の甘いレッスンに翻弄される日々が始まって…。

ISBN 978-4-8137-0546-8／定価：本体640円＋税

タイトル、価格等は変更になることがございますのでご了承ください。